无疆的文学

世 界 的 音 符

尚
书
房

走向世界的中国作家

天津少爷

肖克凡 著

CHINESE WRITERS
WITH WORLDWIDE INFLUENCE

文化发展出版社
Cultural Development Press

图书在版编目（CIP）数据

天津少爷/肖克凡著．—北京 ：文化发展出版社，2016.9（2019.7重印）
ISBN 978-7-5142-1416-1

Ⅰ．①天… Ⅱ．①肖… Ⅲ．①中篇小说－小说集－中国－当代
Ⅳ．①I247.5

中国版本图书馆CIP数据核字(2016)第164859号

天津少爷

肖克凡/著

出 版 人：赵鹏飞
总 策 划：尚振山　曹振中
责任编辑：孙　烨
责任校对：魏　欣　　**责任印制**：杨　骏
责任设计：侯　铮　　**排版设计**：麒麟传媒

出版发行：文化发展出版社（北京市翠微路2号　邮编：100036）
网　　址：www.wenhuafazhan.com
经　　销：各地新华书店
印　　刷：三河市金元印装有限公司
开　　本：889mm × 1194mm　1/32
字　　数：145千字
印　　张：8
印　　次：2016年9月第1版　2019年7月第3次印刷
定　　价：49.80元
I S B N ：978-7-5142-1416-1

编委会

野　莽：中国作家，编辑家，出版家。作品被翻译成英、法、日、俄等国文字。国外出版有法文版小说集《开电梯的女人》等多部作品。主编有中、英文版“中国文学宝库”（50卷），中文版“中国作家档案书系”（30卷，与雷达），“中国当代长篇小说评点绘画本丛书”（15卷）及“中国当代精品文库”等大型丛书数百种。

安博兰：（Geneviève Imbot-Bichet），法国汉学家，汉法文学翻译家，出版家。法国 Éditions Bleu de Chine 创始人。早年于台湾学习汉语，曾在法国驻华使馆（北京）任职。现为法国珈利玛出版社（Gallimard）中国蓝丛书负责人，法国“中国之家”文化顾问。曾翻译出版了大量中国作家的作品，其中最具影响力的有荣获法国三大文学奖之一——费米纳（Fémina）外国文学奖的《废都》。

吕　华：中国翻译家。曾任中央编译局中央文献翻译部法文处处长，中国外文局中国文学出版社副总编辑，中译法最终审稿、定稿人。对外翻译过三任国家领导人的文集。文学翻译有法文版长篇小说《带灯》以及大量中国当代作家如汪曾祺、陆文夫、贾平凹、韩少功、陈建功、刘恒、莫言、阎连科、周大新、王安忆、铁凝、方方等的代表作。

贾平凹：中国作家，书法家，画家。中国茅盾文学奖、费米纳文学奖、法国政府奖、美国美孚飞马文学奖获得者。作品被翻译成英、法、德、意、西、捷、俄、日、韩、越等二十多种文字。在国外产生影响的有英文版长篇小说《浮躁》，法文版长篇小说《废都》《土门》《古炉》等。

周大新：中国作家。中国茅盾文学奖获得者。作品被翻译成英、法、德、朝、捷等十多种文字。国外出版有法文版长篇小说《向上的台阶》等多部作品。由其短篇小说《香魂塘畔的香油坊》改编的电影《香魂女》获柏林国际电影节金熊奖。

尚振山：尚书房图书出版品牌创始人。出版有“中国名家随笔丛书”、“中国文学排行榜丛书”、“中国小小说名家档案”（100卷）等。

不仅是为了纪念

——"走向世界的中国作家"文库总序

野　莽

尚书房请我主编这套大型文库,在一切都已商业化的今天,真正的文学不再具有20世纪80年代的神话般的魅力,所有以经济利益为目标的文化团队与个体,已经像日光灯下的脱衣舞者表演到了最后,无须让好看的羽衣霓裳做任何的掩饰,因为再好看的东西也莫过于货币的图案。所谓的文学书籍虽然也仍在零星地出版着,却多半只是在文学的旗帜下,以新奇重大的事件冠以惊心动魄的书名,摆在书店的入口处引诱对文学一知半解的人。尚书房的出现让我惊讶,我怀疑这是一群疯子,要不就是吃错药由聪明人变成了傻瓜,不曾看透今日的文化国情,放着赚钱的生意不做,却来费力不讨好地搭盖这座声称走向世界的文库。

但是尚书房执意要这么做,这叫我也没有办法,在答应这事之前我必须看清他们的全部面目,绝无功利之心的传说我不会相信。最终我算是明白了他们与上述出版人在某些方面确有不同,私欲固然是有的,譬如发誓要成为不入俗流的出版家,把同行们往往排列第二的追求打破秩序放在首位，尝试着出版一套既是典藏也是桥梁的书，为此已准备好了经受些许财经的风险。我告诉他们，风险不止于此，出版者还得准备接受来自作者的误会，这计划在实施的过程中不免会遇到一些未曾预料的问题。由于主办方的不同，相同的一件事如果让政府和作协来做，不知道会容易多少倍。

事实上接受这项工作对我而言，简单得就好比将多年前已备好的课复诵一遍，依照尚书房的原始设计，一是把新时期以来中国作家被翻译到国外的，重要和发生影响的长篇以下的小说，以母语的形式再次集中出版，作为中国当代文学的经典收藏；二是精选这些作家尚未出境的新作，出版之后推荐给国外的翻译家和出版家。入选作家的年龄不限，年代不限，在国内文学圈中的排名不限，作品的风格和流派不限，陆续而分期分批地进入文库，每位作者的每本单集容量为二至三个中篇，或十个左右短篇。就我过去的阅读积累，我可以闭上眼睛念出一大片在国内外已被认知的作品和它们的作者的名字，以及这些作者还未被翻译的 21 世纪的新作。

有了这个文库，除去为国内的文学读者提供怀旧、收藏和跟踪阅读的机会，也的确还能为世界文学的交流起到一定的媒介作用，尤其国外的翻译出版者，可以省去很多在汪洋大海中盲目打捞的精力和时间。为此我向这个大型文库的编委会提议，在编辑出版家外增加国内的著名作家、著名翻译家，以及国外的汉学家、翻译家和出版家，希望大家共同关心和参与文库的遴选工作，荟萃各方专家的智慧，尽可能少地遗漏一些重要的作家和作品，这方法自然比所谓的慧眼独具要科学和公正得多。

当然遗漏总会有的，但那或许是因为其他障碍所致，譬如出版社的版权专有，作家的版税标准，等等。为了实现文库的预期目的，那些障碍在全书的编辑出版过程中，尚书房会力所能及地逐步解决，在此我对他们的倾情付出表示敬意。

2016 年 5 月 7 日写于竹影居

目录

天津少爷

上 篇

1

天津人有个习惯，无论什么事情都讲究“八”。清末民初经营绸缎行业的有“八大祥”：谦祥益，宏记瑞蚨祥，瑞蚨祥，瑞林祥，瑞生祥，益和祥，隆祥，庆祥。本埠名门望族有“八大家”：韩家，高家，石家，刘家，穆家，黄家，杨家，张家。这“八大家”不光有钱，其中石家出了著名电影演员石挥，刘家出了著名画家刘奎龄，为天津文艺界赢得了声誉。

总而言之，当年的天津人就跟后来的广东人一样，约定俗成逢事喜欢“八”。说相声的有“八大德”，糕点铺有“八大斋”，救火的有“八大水会”，料理丧事的有“八大杠房”，街面上有“八大叫花子”，霸占地盘的有“八大混混儿”，出卖皮肉的有“八大窑姐儿”，仗势欺人的有“八大狗腿子”，还有八大傻子、八大杂种、八大兔爷以及“八格牙路”……，姓赵的赵八爷，姓李的李八爷，姓张的张八爷，就是没有姓王的“王八爷”——天津人最腻味这个称呼。自从“中华民国”，天津官方成立“八大局”，民间则有“八大少爷”涌现，也就是八位颇具传奇色彩的富家子弟。

这里需要说明的是“八大少爷”与“四大公子”根本无法相提并论。天津民国年间的四大公子是：溥侗、袁克文、张伯驹、张学良，皆是进入中国历史的奇峰人物。

天津“八大少爷”与奇峰人物相比，当然就是小土丘了。然而天津九河归海历来被称为低洼之地，能够在这里号称“小土丘”也绝非等闲之辈。

祝家大少爷祝显驰便是“八大少爷”之一，排在第七。

祝家是天津河东大直沽土著首富。大直沽自从元代便是皇家漕运基地。祝氏先祖本是粮囤小工，后代渐渐发迹。祝氏家族的深宅大院里栽着四株大槐树，说是明朝燕王朱棣扫北所栽，因此人称“大槐树祝家”。祝显驰出在祝氏长门又是长孙，因此被祝老太爷视为稀世宝贝。虽然深得长辈珍视，人家祝大少爷不骄不躁，挺懂事儿。祝家请了家塾，祝显驰瞪着一双小眼睛专心读书，从来用不着家长操心。祝氏高祖曾任漕运官员，属于粗人。看到孺子可教，祝老太爷喜极而泣，认为祝显驰必然能够耀祖光宗一改门风。

可惜宣统成了废帝，科举没了。民国了，兴起新学。祝老太爷怀着千里迢迢没赶上酒宴的遗憾心情，很为祝氏长门长孙感到惋惜。然而人家祝显驰并不气馁，无论科举不科举，照样儿上进。他自幼丧母，性格令人难以琢磨。正是在祝老太爷扼腕惋惜之际，祝显驰提出外出读书的要求，这无疑体现了自强不息的精神。祝老太爷激动得浑身颤抖，仿佛看见了白鹿。祝显驰的父亲祝铁颉，在祝氏家族里分工负责“聚义酒坊”的十二间烧锅生意，是个表情木讷的商人。面对儿子上进求学的强烈愿望，粗通文墨的父亲当然感到欣慰。祝氏家族财力雄厚家业庞大，多年以来最想摘掉的就是“土财主”这顶帽子。土财主变成洋财主，三代子孙必须通过读书求学的道路达到脱胎换骨之目的，吐故纳新彻底更换新鲜血液。

祝老太爷正是这样想的。祝显驰呢正是祝氏家族的新鲜血液。

那时候严范孙先生已经创办了天津南开学校，由“封建社会的好人”张伯苓先生主持教学，声名鹊起。身体羸弱的祝显驰大少爷肩负家族重托前往南开中学读书，乃是一九二八年的事情。他十八岁。

大少爷祝显驰前往南开中学读书，一去就是两年。有时就连放暑假他也不回家，说是住在学校里苦读。

祝老太爷甚是欣慰，长久沉浸在巨大的喜悦之中而不能自拔。人老了，内心喜悦总要洋溢出来。春天里百花开，他老人家听说当年的“贵相知”如今已然成为怡红院的鸨母，便坐上自家的“胶皮”前去看望小桃红。这个小桃红就是当年“八大窑姐儿”之一，那七位均被各路军阀“金屋藏娇”，只有小桃红成为剩余物资，打折也没卖出去。然而她埋头钻研妓院管理这门学问，终于自学成才当上怡红院鸨母。

祝老太爷从河东大直沽到河北侯家后，路过金钢桥。金刚桥上坡，坐在胶皮车里的祝老太爷看到一群纨绔子弟站在桥上放风筝，嘻嘻哈哈很是开心的样子。祝老太爷年轻的时候也是玩家，吃喝嫖赌样样精通。他老人家看到这几个少爷羔子竟然跑到金刚桥上放风筝，感到形式非常新颖，心中颇有后生可畏的感慨。

年近七旬的祝老太爷心里感慨着，胶皮下了金刚桥到达怡红院的门前。他老人家长袍马褂迈步下车，腿脚显出几分利落。俗话说即使是拄着拐杖的老头儿，只要他能迈过妓院的门槛，就是回头客。怡红院门前的“茶壶”看见这位老当益壮的嫖客，不由叫了一声好。祝老太爷理直气壮接受了喝彩，大声询问小桃红是不是在怡红院主事啊。

茶壶立即前面引路，高声吆喝着“姐儿们接客”。此时虽然不是妓院营业时间，但窑姐儿们还是蜂拥而出。她们争先恐后迎上前来，抬头看见嫖客是个年近古稀的棺材瓤子，不由得惊叫起来，以为跑进来一只老马猴儿。

祝老太爷哈哈笑着，大声说快叫小桃红出来见客。茶壶说，我家妈妈早就不接客啦。这时候，徐娘半老的小桃红一阵旋风似地走了出来，浪笑着说老不死的您已然十年没露面啦。

祝老太爷自豪起来，说我是蒸不熟煮不烂的铜豌豆儿，铁死不了呢。

小桃红果然是鸨母，扬手召唤来一群姐儿，催着祝老太爷挑选。老人家虽然属于老淘毛，毕竟一把年纪了，没了当年轻浮。他告诉小桃红今天远道而来就是为了看望贵相知，姐儿们就不用陪着我啦。小桃红咯咯笑着说，老头儿还是好老头儿，就是灯里没了油儿。说罢搀着祝老太爷走到客厅套间里落座。

祝老太爷将风韵犹存的小桃红搂在怀里，淫邪地笑着。他一只老手伸入小桃红胸衣使劲儿揉搓着说，馒头还是好馒头，就是老头儿没胃口。

老嫖客与鸨母，久违多年难免耳鬓厮磨一番。祝老太爷气喘吁吁颇有廉颇老矣之感。

小桃红告诉老相好，这两年怡红院的生意不错。年轻的客人越来越多，最小的少爷羔子只有十五岁，走上战场就打响头一炮。还有常年包房的，一住就是两三年，乐不思家轰都轰不走。这路生意是旱涝保收，根本不用着急。小桃红还说，尤其是那位祝大少爷住在怡红院两年啦，包房包姐儿，一日三餐从大饭馆里叫菜，吃喝玩乐花钱如行云流水。手里没了现钱就派人拿着札子到官银号支取，真叫财大气粗。

祝大少爷？老淘毛听到年轻一代的嫖客里有同姓之人，不由起了好奇心。你说的是哪个祝大少爷？

小桃红说，这会儿他们几个人正在金刚桥上放风筝呢。

金刚桥上放风筝，巡警不管他们啊？

他们捅了钱，让巡警们找地方喝茶去了，金刚桥不就成了自家的天下啦。只要不把金刚桥拆了，他们干什么都没人管。

这时候，几个衣着华贵的公子哥儿说说笑笑走进怡红院的大厅。

小桃红小声告诉祝老太爷，那个手里拎着鬼脸儿风筝的公子哥儿就是挥金如土的祝大少爷。

祝老太爷霍地站起身来走出套间，客厅里几乎与那个手持风筝的公子哥儿撞了个满怀。

客厅里鸦雀无声。

祝老太爷浑身颤抖起来，伸手指着面前的不肖子孙说，你不是在南开学校念书吗？敢情这两年你一直住在窑子里啊？你这个不忠不孝不仁不义的孽障……

塌鼻梁子小眼睛的祝显驰体形宛若一根竹竿，他扔掉手里的风筝，脸色煞白看着从地缝儿里冒出来的祖父，一时吓得无话可说。

你这个现世报啊！祝老太爷两眼一翻，歪头栽倒在祝氏长门长孙祝显驰的脚下。

怡红院炸了窑。出了人命啦！妓女们纷纷尖叫起来。小桃红扑到祝老太爷身上哭嚎着说，您老人家千万不能死在怡红院啊！窑子里死了人可就没有回头客啦！您行行好吧一定别在我这儿咽气……

祝显驰如梦初醒，转身撒腿就跑。他形如脱兔冲出怡红院向北跑过金华桥，眨眼之间没了踪影。

胶皮拉着昏迷不醒的祝老太爷返回河东大直沽的祝家大院。当天晚上，老人家就起驾归天了。长门长子祝铁颉听说父亲是在河北侯家后的妓院里发病的，觉得这是丢人现眼的事情，当即决定遮丑，对外宣布祝老太爷是在金华茶园听曲儿的时候昏倒的，回到家中不治身亡。说这样，祝显驰这两年常住怡红院的真相也就无形之中被掩盖起来，无人知晓。小孽障的身份仍然是南开学校的莘莘学子，属于正面形象。

祝显驰对这一切当然一无所知。他躲在酒肉朋友孙友琛家里，说是姜维避祸。孙友琛獐头鼠目，平时善于为祝显驰出谋划策。

祝老太爷归天，祝家当然要大办丧事。长门长子铁颉派遣本家仆人祝三狗前往南开中学召唤长门长孙祝显驰回家奔丧。祝三狗找到南开中学教务长，对方翻了翻花名册说祝显驰这个学生根本就没在本校注册。

祝三狗傻眼了，一时没了主张。南开教务长告诉他，这几年出现过几宗这样的事情，学生声称在南开读书，家长前来学校寻找却根本没有这回事情。社会是一口大染缸，良家子弟失足之后往往难以寻找。有的吸毒成瘾成为路边倒卧，最后只能被慈善会派人埋入城外义地的乱葬岗子。社会险恶不得不防啊。

祝三狗听罢，出了一身冷汗，连忙坐上胶皮赶回河东大直沽祝家大院复命。

进了祝家大院，他一眼看见祝显驰披麻戴孝正跪在祝老太爷灵前哭丧呢。祝三狗一时不知如何是好。祝显驰抬手擦泪，趁机向他挤了挤眼睛。祝三狗明白了，只得闭紧嘴巴闪到一旁。

祝显驰的父亲祝铁颉身披孝袍守在灵前，低声问祝三狗是不是去了南开中学并且没有找到祝显驰。祝三狗慌忙点头称是。祝铁颉面无表情说道，今年大少爷从南开中学转到扶轮中学去了。

祝三狗听罢连连点头，心里说祝显驰这小子真他妈的是瞎话大王啊，这两年读的明明是娼妓中学，竟然红口白牙说从南开转到扶轮去了。

祝老太爷大出殡，场面宏大震动天津河东。祖父下葬之后，祝显驰大门不出二门不迈，遵循孝子贤孙的祖制，守志在家。祝氏家族似乎对他这两年的外出求学真相并不明了，仍然视他为不可多得的接班人才。家长的如此昏聩令祝显驰感到震惊，怪不得大清朝灭亡了呢。同时他也为自己感到庆幸，什么天网恢恢疏而不漏，放屁。就这样祝大少爷没事儿躲在自己屋里偷着乐。

这两年在外面吃惯了荤腥儿，守志在家必然素净难忍。天气渐渐热了，祝显驰急得抓耳挠腮，活像杨小楼扮演的孙猴儿。

这天早午，火红的太阳当头照。祝家大院的仆人祝三狗跑来禀报，说大门口来了一个紫袄黑裤的小娘儿们，操着杨柳青口音非要见一见祝显驰大少爷不可。门房说祝家大院新衰守志，孝子贤孙概不会客。

紫袄黑裤杨柳青口音？祝显驰一双小眼睛转悠了两圈儿，绞尽脑汁怎么也猜不出来者是谁。此时他最需要的就是女人。

小娘儿们走了吗？祝大少爷眨着贪婪的目光追问着。

祝三狗说，她口口声声说您该他十块大洋，门房儿把她给轰走啦。

寂寞难挨的祝显驰心里起急，又在抓耳挠腮。他想起祝家大院的后花园里有一座角门，跑去一看，他妈的那只铁锁已经锈死了。

2

小娘儿们金彩气急败坏走进河东大王庄的陆七饭馆。大王庄这一带属于天津俄国租界，一九二四年苏俄政府将其退还中国。天津河东的俄租界与天津河西的英法租界相比，处处显得简陋而缺乏建设。然而这在金彩心目之中并不重要。她此行最大的损失就是没有见到那个名叫祝显驰的公子哥儿以及那十块大洋。

天津那年月的小饭馆里，几乎难以见到女宾，尤其是难以见到金彩这样标致的女宾。俗话说鲜鱼水菜最养人。金彩家住鱼米之乡杨柳青，农家女子天生丽质：身材窈窕皮肤白皙五官俊美，人见人爱。人见人爱的金彩远道而来却在祝家大院的门房碰了个钉子，没有见到祝大少爷。她屈指算了算，这一趟下天津卫无疑是赔本的生意，回到家里见了丈夫郎三起，难免遭到嘲笑。临近中午她觉得肚子饿了，走进大王庄的陆七饭馆，气哼哼要了一碗烩饼。

美人儿生气，模样更俏。

饭馆掌柜陆七亲自端来热气腾腾的烩饼，色迷迷地看着她。胸脯丰满的金彩埋头便吃，明眸皓齿漆黑的头发，煞是招人喜爱。陆七干脆坐在金彩的桌前，打算趁着这顿饭的工夫喂饱自己的眼珠子。

金彩一会儿就吃完一碗烩饼，然后抬手擦了擦额头的汗水。

陆七淫邪地说，我这儿还有两个肉丸子你把它吃了吧？

汗津津的金彩愈发显出少妇的姿色。她眨着一双大眼睛想了想，然后摇头说算账吧掌柜的。

不用算账了这顿饭我请客了。素以吝啬闻名的陆七为了向佳人献媚，居然慷慨起来。

金彩蔑视地笑了笑，从怀里掏出一张钞票。陆七心里盘算着，无论如何也要设法挽留这个小美人儿。他伸手接过金彩的钞票，趁机抓住她的小手儿。金彩的小手儿细嫩滑腻，鱼儿般挣脱了陆七的魔爪。陆七被撩得性起，伸手朝着金彩丰满的胸脯抓来。

金彩躲闪不及，被陆七占了便宜。她抬手狠狠扇了他一个嘴巴。陆七吃了美人儿的巴掌，心里舒坦连声喊好。

这时候，黑衣黑裤的祝显驰气喘吁吁跑进饭馆。他是爬上枣树攀过后墙，纵身跳出祝家大院的。一路上他打听着紫袄黑裤女子的去向，来到大王庄的陆七饭馆。

祝显驰蓦然看到紫袄黑裤的金彩，浑身热血倏地沸腾起来。他双腿发软缓步走向金彩，目光痴痴注视着这位农家美人儿。

陆七认出来者正是“大槐树祝家”的祝大少爷，立即退避一旁，不敢吱声。

金彩无法承受祝显驰这种痴迷的目光，羞了，朝后退了两步一时不知如何是好。

祝显驰渐渐冷静下来，坐在桌前朝着金彩傻笑。不知为什么金彩被这位公子哥儿的傻笑感动了，低下头小声说，你到底是谁呀怎么进了门就一个劲儿盯着我呢。

金彩出汗了，紫衫紧紧绷在身上更加显出女人的韵味。祝显驰呵呵笑着，问她是不是来找祝家大院的祝显驰。

嗯啊。金彩立即点头称是。她的杨柳青口音优美动听，说惯了天津话的祝大少爷心头又是一颤。

我就是祝显驰，你找我有什么事情啊？

金彩啊了一声。面前这位文弱清瘦的公子就是祝显驰，这令她感到意外。不知道为什么，她认为祝大少爷应当是个孔武有力的汉子。

其实农家少妇金彩喜欢文弱清瘦的公子哥儿。

我就是祝显驰，你找我有什么事情啊？

金彩怔了怔，脱口说道，你该我十块大洋！说着她从怀里掏出手帕，打开手帕里面裹着一张黄纸。金彩打开这张黄纸，抬头递给祝显驰。

祝显驰看见黄纸，突然无声地笑了。这张黄纸敢情落在你手里啦？这真是缘分啊。祝大少爷激动起来。

金彩变得不言不语，目光定定视着祝显驰。祝显驰这两年住在妓院夜夜销魂，却消受不了良家妇女的这种妩媚，一时间心旌摇荡手足无措。

我拿着这张黄纸找到怡红院，说你回家啦。我拿着这张黄纸找到你家大门口，门房儿又不让我进去。祝大少爷你是不是想赖账啊？金彩嗔笑着说。

祝显驰连连摆手，说不但不想赖账还要加倍奉送银圆。他问她一百块大洋行不行。

金彩笑了。祝显驰从她的笑容里看出这个女子似乎并不十分爱财。金彩说，我不用你加倍奉送银圆。说着她抬手指向陆七说，吃饭的时候他调戏我。我想用那十块大洋买十个耳刮子送给这个混账。

祝显驰扭头看了看陆七。陆七立即慌了，想溜走。

祝大少爷瞪着陆七说，你说是我雇人打你十个耳刮子呢，还是你动手打自己十个耳刮子呢？

陆七深知光棍不吃眼前亏的道理，随即动手抽打自己的嘴巴，一鼓作气十声脆响。

金彩笑了笑，腰肢一扭起身走出饭馆。

祝显驰呆呆看着她摇摆的细腰，然后迈开大步追了出去。

俗话说有缘千里来相会，无缘对面不相识。祝显驰与金彩的缘分，追本寻源其实是从那只风筝开始的。

原来那天金刚桥上放风筝，玩了一会儿就觉得没意思，打算收线。祝显驰灵机一动想出一个新鲜点子，说给风筝“送饭儿”。所谓给风筝送饭儿就是将一个小机关顺着线绳放到天上去，升到空中小机关砰然打开，五彩纸屑漫天飞舞，引人欢呼。几位纨绔子弟对“送饭儿”毫无兴趣，说没劲。唯独祝显驰兴味盎然。他在一张黄纸上写道：凭此据到怡红院找祝显驰领取赏银拾圆。

祝显驰写罢就将这张黄纸拴在小机关上，给风筝“送饭儿”。小机关升到空中砰然打开，只见那张黄纸顺着风力朝着西南方向飘去，渐渐没了踪影。

千里姻缘一线牵。祝显驰万万没有想到那张黄纸落在美人儿手里。金彩今日的突然出现，使得祝大少爷的守孝生活倏地变得一派灿烂。他宁可变成一张大网，也不让这条美丽的小鱼儿与自己擦肩而过。

祝显驰追出饭馆大声对金彩说，我守孝在家不准出门，你给我留一个注角，过几天我按着地址去找你。

金彩停住脚步猛地回头，杏眼圆睁亦嗔亦怒说，我已然有了爷儿们，你去找我就不怕他揍你啊！

祝显驰极为困惑地看着金彩，我去找你这是天大的好事儿，你爷儿们应当高兴才是啊。我真不明白他为嘛要揍我呢？你爷儿们的脑筋一定有毛病……

金彩听罢祝大少爷的这番话，咯咯咯笑了起来，说我家住在杨柳青的小桑园，我爷儿们名叫郎三起。

你可不许跟我说瞎话。祝显驰唯恐失去美人儿的线索，大声警告着金彩。

这时候祝三狗跑来催促祝大少爷赶紧返回祝家大院，说守孝期间擅自外出万一要是让老爷知道了可就坏啦。

祝显驰恋恋不舍看着金彩问道，我到了小桑园打听郎三起的媳妇就保准能够找到你吧。

风情万种的金彩笑而不答。祝三狗扬手叫住一辆胶皮，请金彩立即上车。金彩坐到车上回过头来注视着祝显驰。

祝大少爷突然高声说，我告诉你，这一程子你可不许搬家！你要是搬了家，我可就找不着你啦。

金彩扑哧一声笑了。

胶皮渐渐远去了。金彩坐在车上还能听到祝大少爷的喊叫。

金彩我告诉你，你可不能跟我说瞎话，到时候你就是上天入地，我也要找着你……

少妇金彩从来没有见过这种性情的公子哥儿，不由得心头一热。

3

守孝告一段落，祝家各门坐下来商议析产之事，也就是分家。一个大家庭的解体，实在是一件麻烦的事情，劳心费神往往难以摆平。祝家大院居住着四位兄弟，分成四座院落，各有堂号。祝铁颉为长门，堂号“伯美堂”，依次是“仲仁堂”、“叔信堂”、“季德堂”。分家析产祝铁颉以身作则并不多吃多占，事情进展还算顺利。祝显驰整天神情恍惚，似乎对析产大事一无所知。一个男人对一个女人痴迷，实在是难以自拔。他心里想着金彩，心智似乎已经凝固成一摊鸟粪。祝显驰不是傻子，为了掩人耳目他口中总是念念有词，背诵着唐诗。其实他只会这么几首，翻来覆去嘴里好像含着一块儿永远嚼不烂的牛皮糖。

析产期间除了“叔信堂”高呼不公，闹了一场不大不小的风波，分家立户的事情终于有了结局。从此以后，祝家大院由一台家族大灶变成五只家庭小锅，各门各户经济独立财产自理，进入了新时代。

祝显驰找到父亲，要求给自己换个新札子。天津方言里的札子指的是具有契约性质的记账簿。那时候天津的豪门富户由于财力强大颇具商业信誉，公子哥儿们出门不用现银，一只札子带在身上，吃喝玩乐统统记账，又潇洒又气派。既然析产分家另立账户，祝显驰首先想到是自己的札子。

父亲为儿子换了新札子。祝显驰随即离家外出，悄然前往妓院继续他的求学生涯。

怡红院里住了几天，他感到没滋没味。这里的妓女在他心目之中统统失去吸引力，甚至避之不及。他知道只要自己心里盛着那个金彩，怡红院就完了。他翻了翻皇历，明天正是吉日。

从天津去杨柳青，有水路有旱路，不足三十里地。祝显驰选择了水路，第二天来到南运河码头上雇了一只短篷快船。这条水路即京杭大运河的北端，是当年乾隆下江南的必经之路，因此被称为“御河”。御河水甜，小贩儿们大声吆卖青菜，纷纷号称御河水浇的。

祝显驰在杨柳青下船，突然想起这里的年画不错，齐健隆啊戴善增啊都是老字号，便朝着街里画坊走去。

一个小伙计从一家画坊里走出来，满脸堆笑请他进去喝茶。祝大少爷撩起大褂走进画坊。掌柜的是个胖子，立即迎上前来。他看了看挂在墙上的杨柳青年画，果然不错。小伙计端上茶来。他问胖掌柜，我要是领着一个大活人来，你能照着她的样子画像吗？

胖掌柜当即表示，自己的画坊里没有办不了的事情。他压低声音告诉祝显驰，画春宫也成。

祝显驰听罢感到满意。出了画坊，他想雇一辆车前往小桑园。没车。他踌躇着，然后笑了笑，双手叉腰站在大街上，高声喊着，谁背着我去小桑园，我给两块大洋！

大街上两旁的小贩儿们惊呆了。两块大洋？小本生意都是零钱，三年五载也见不着一块大洋啊。背着这位大少爷去小桑园就赚两块大洋，没人相信。

人们呆头呆脑注视着祝显驰。祝显驰心里纳闷：妈的，敢情两块大洋太少啦？他扯开嗓子大声说，五块大洋啦，谁背着我去小桑园五块大洋啦！

小伙计从画坊里窜了出来，扑到祝大少爷脚下连声说，我我！我背着您去小桑园……

嘿嘿……祝大少爷笑了，伏身往小伙计脊背上一趴，说了声走。小伙计身强力壮，背起祝显驰大步朝南走去。

一路上，人们对这位天津卫来的大少爷议论纷纷。挥金如土的祝显驰顷刻之间成为新闻人物。然而他对人们的议论毫无兴趣，两眼一闭趴在小伙计脊背上呼呼睡着了。

小伙计万万没有想到，这位仪表不俗的大少爷身子屁轻，背在身上仿佛一捆秫秸。天津卫来的大少爷真是挥金如土。我这五块大洋赚的真是太容易啦。小伙计心中窃喜。

走进小桑园，小伙计问他找谁家。他睡得迷迷糊糊，呜了一声。这时候一个女子走上前来，问谁家的孩子病啦。小伙计笑了笑说身上背的不是孩子，是天津卫来的一位大少爷。

祝显驰听到这个女子熟悉的声音立即睁眼醒来，两腿一伸就站在了地上。

敢情是你啊。金彩一眼看见祝显驰这不伦不类的样子，伸手捂嘴咯咯笑了起来。

祝显驰看见金彩恨不得立即攥在手里不放，他连连解释说在杨柳青雇车雇不着，只得雇人。

小伙计趁机伸手结账，说这位大少爷您不是说赏我五块大洋嘛。

金彩一听就急了，冲上来指着小伙计的鼻子说，从杨柳青背到小桑园，你敢要五块大洋啊？疯啦！就是从天津卫把祝大少爷背到小桑园，再从小桑园把祝大少爷背回天津卫，我也顶多赏给你一块大洋。

小伙计表情十分委屈，说五块大洋这个价钱是祝大少爷自己说的。这时候祝显驰也感到理亏，主动从怀里掏出五张银圆钞票，递给小伙计。

金彩扑上来将这五张银圆钞票抢了过去，手里留下四张然后气哼哼说，本乡本土的你拿我们当冤大头啊？赏你一块钱就算不错啦！

小伙计从地上捡起一块钱，转身就跑。

祝显驰目不转睛注视着金彩，说你干嘛非跟穷人一般见识啊，赏他五块钱就是啦。

金彩走上前来伸手戳着祝显驰的脑门儿说，我就是穷人，我凭什么赏他五块大洋啊。你这个财神爷啊，就得让我给你当家做主！

说着，金彩扭身朝着瓜地深处走去。祝显驰盯着她摇摆的细腰，紧紧跟随着说，今天我来找你，就是想告诉你以后不用受穷啦。金银哗哗如流水，金彩你就使劲儿花吧！

金彩听了这话当然高兴。她闪身走进瓜地里的棚子。祝显驰冲动起来，扑进棚子一把将她抱在怀里。

你胆子太大啦，我爷儿们在家里呢你就敢弄我啊？金彩气喘吁吁说着。

祝显驰使劲弄着金彩，杀气腾腾说，你爷儿们胆子也太大啦，我来啦他还敢在家里待着不跑！

金彩听了这话激动起来，紧紧搂住祝显驰的后腰说，你敢作敢为真是男子汉大丈夫！

尽管是在匆忙之中，见多识广的祝显驰还是感到金彩不是寻常女子——处处都好啊。

哗啦一声，瓜棚被疯狂的祝显驰给弄塌了。不远处农家院里的一只大黄狗汪汪叫了起来。

一个剃光头的男人，五短身材披着破褂子从院里走了出来，很响地打了一个哈欠。

祝显驰从倒塌的瓜棚里滚了出来，依然紧紧搂着金彩不放。前边那位剃光头的男人就是你爷儿们吧？

金彩从祝显驰怀里挣脱出来，气喘吁吁说是。祝显驰故作惊讶说，你爷儿们赛过梁山好汉王矮虎，我可是甘拜下风啦。

青天白日你在瓜棚里就把我弄了，小心我爷儿们动手揍你！

祝显驰笑了笑，稳稳当当站起身来，一边摘着头发上的草梗儿，一边大步朝前走去。

金彩的丈夫名叫郎三起。他走出院门看见一位公子哥儿模样的男人从倒塌的瓜棚里钻出来，不由一惊。

这时候一个两三岁的女孩儿跑过来抱住郎三起的大腿，奶声奶气说爸爸我吃甜瓜。

郎三起寻思着，然后猫腰抱起女儿，连声说爸爸这就去给你摘瓜。祝显驰迎面走来。郎三起抱着女儿与这位不速之客擦肩而过，大步走进瓜地。

面对郎三起的视而不见，祝显驰反而纳闷起来，怎么也弄不明白对方此举究竟是什么意思。神色慌张的金彩不知所措，看了看自己的爷儿们，又看了看祝大少爷，一时难以调停。

望着瓜地里的郎三起，祝显驰压低声音说，金彩啊敢情你生过一个孩子啦？可你还是这么鲜嫩就跟大闺女似的。

金彩满脸绯红，不睬祝显驰而是朝着瓜地里的丈夫大声说，三起啊家里来了贵客，你怎么也不知道沏茶呢?

郎三起正在拾掇倒塌的瓜棚，缓缓转身看着祝显驰。祝显驰扬手跟他打着招呼说，我是天津卫的祝显驰，远道而来给你添麻烦啦。

金彩小声对祝显驰说，你这个挨千刀的坏种，弄了人家媳妇还跟人家装好人……

起身离开倒塌的瓜棚，郎三起穿过瓜地大步朝着祝显驰走来。祝大少爷注视着这个敦敦实实的瓜农，很想对他的辛苦劳作表示慰问。

郎三起朝着天津卫的祝大少爷呜了一声，径直走进院子烧水去了。金彩那颗悬浮已久的心儿终于落地，长长呼出一口气。她抱起女儿小彩，朝着祝显驰吃吃笑着。

祝显驰朝她做了个鬼脸儿说，你爷儿们没揍我吧。

你该我一百块大洋。金彩低声向他撒娇，然后抱着小彩一串小步儿走进院里，进屋协助爷儿们沏茶去了。

4

复杂的事情往往突然变得简单。进屋沏茶的时候金彩佯装哭哭啼啼的样子，请求丈夫睁一只眼睛闭一只眼睛，容忍自己与祝显驰的私情。没曾想瓜农郎三起是个乐意吃软饭的男人，面无愠色。自从金彩只身前往河东大直沽寻找祝大少爷，郎三起便暗暗盼望通过媳妇攀附高枝，谋得实惠。郎三起这个男人活在人间最为看重的就是实惠二字。当他得知金彩与祝显驰已经勾搭成奸，不禁喜上眉梢。等到金彩要求他对这段奸情视而不见的时候，郎三起深知时机已然成熟。他说让我闭上一百只眼睛都行，那要看祝大少爷如何摆平这件事情。金彩终于看出游手好闲的丈夫并不过于在意名声，这辈子只要能够吃香的喝辣的，戴一顶绿色帽子也不是什么天塌地陷的事情。

就这样，夫妻携手沏好了一壶香茶，招待天津卫的祝大少爷。

坐在简陋的土屋里，祝显驰对郎三起"以妻谋利"的做法感到意外，转念一想又不得不佩服郎三起做人的明智。既然已经成为一笔交易，那么双方照章办理就是了。祝显驰许诺，投资在杨柳青开办"成兴当铺"，全权交给郎三起经营。但是从此不许他染指金彩，只能做表面夫妻。郎三起拿起字据，激动得浑身发抖。他似乎担心祝显驰变卦，按手印儿的时候使出了全身的力气，气喘不止，连声说永不反悔。郎三起一定是土里刨食穷怕了，做梦都想尝一尝富足生活的滋味。如今红运从天而降，一座金光闪闪的当铺即将出现，他连声高呼祖上有德。

院子里金彩低声问他，从今往后咱们只能做表面夫妻，你一指头也不许碰我，这样你憋得住吗？

身材矮壮的郎三起并不避讳这个话题，哈哈大笑说，成兴当铺一开张我就有钱啦，有了钱我养姘头啊逛窑子啊洗对盆儿啊，还用你担心我憋死啊。

金彩心里倒不平衡了，气哼哼说你这个穷鬼依靠我才过上了好日子，逢年过节你必须烧香磕头，念叨着我对你的好处。

郎三起承认自己爱吃软饭，并且由衷地认为金彩是他这辈子的衣食父母。

双方立了字据，祝显驰觉得不虚此行。金彩兴高采烈烧灶，给祝大少爷献上一顿庄户饭：贴饽饽熬鱼。

祝显驰吃惯了精米白面，对金彩的手艺赞不绝口，吃得津津有味。饭后，他要赶回天津去办理银票的事情。

金彩娇声娇气说，你心里一定是有了别人啦，根本就不恋我。

我在怡红院有八个相好的窑姐儿。自从我遇见你，她们就全废啦。祝显驰说着，与金彩执手告别。

金彩泪眼汪汪说，从小桑园到杨柳青这段旱路，穷乡僻壤没车没马啊。

郎三起真是个大明白人，随即换上一件干净小褂儿说，我背着祝大少爷去杨柳青上船吧。

金彩大声告诫说，我可不许你摔着祝大少爷。

郎三起面无表情说，祝大少爷是我的财神爷，摔了亲爹我也舍不得摔他啊。

两个男人的身体叠在一起，上路了。金彩站在大堤上望着远去的背影，欣慰地笑了。

乘船回到天津卫，祝显驰当天晚上就跟父亲畅谈了自己投身实业的打算。他的雄心大志当即得到祝铁颉的好评，认为在天津周边地区兴办典当行业，颇具慧眼。

儿子就这样又把当爹的给骗了。

坐落在杨柳青的成兴当铺开张之后，祝显驰愈发成为祝氏家族伯美堂的可造之才。既然成了可造之才，父亲便开始操心他的婚姻。祝铁颉相中了江家三小姐江月儿，便托人前去说媒。江家欣然同意相亲。

当年腊月二十六，祝家大院大办喜事，又娶媳妇又过年。祝显驰娶江月儿为妻，终成眷属。这个江月儿模样长得不错，浓眉大眼的，就是身材又高又壮，一员武将似的。同时这员武将似的新媳妇还从娘家带来许多偏方，从头痛到脱肛，无所不治。新婚之夜祝显驰以肚疼为由逃避同床，江月儿随即以蜂蜜白酒姜汁搭配，加热调成“驱寒羹”，连声催促夫君服下。手无缚鸡之力的祝显驰落到这位樊梨花手里，几乎难以挣脱。他被迫服下一盅驱寒羹，顿时呕吐不止。江月儿大大咧咧说，好了好了你把寒凉都吐出来啦，从今往后咱俩就好过日子吧。

祝显驰有苦难言，哭笑不得。尽管娶了樊梨花，祝显驰这个公子哥儿还是开创了天津少爷的新纪录，那就是先置外宅，后娶正室。

内有江月儿，外有金彩。从此，祝大少爷闲庭信步走进了自己精心营造的新生活。

既然有了成兴当铺的生意，祝显驰隔三差五就往杨柳青跑，并未引起家中怀疑。祝铁颉说，男子汉做生意四海为家。祝显驰再接再厉，专门为自己造了一条快船，水路往返十分便捷。

祝显驰狠抓基本建设，投资在小桑园建造一座青砖小院，门前有柳屋外有桑，一派安居乐业的气氛。金彩当然懂得如何讨取祝显驰的欢心，她将自己与郎三起所生的女孩儿小彩送回娘家抚养，只身居住青砖小院，随时迎候祝大少爷的到来。

祝大少爷感到非常满意。

第二年初春，金彩告诉祝显驰，她怀孕了。真是不比不知道，女人真奇妙。这时祝大少爷终于觉出江月儿武将似的八成是不擅生育。否则，外宅已经有了动静，正室为何无动于衷呢?

这样，小佳人金彩更加显出了她的金贵。此时距离震惊中外的九·一八事变还有八个月的时光。

九·一八事变那天，日军刚刚攻破奉天的北大营，金彩即临盆产下一个男孩儿。祝显驰性情中人，为了纪念他与金彩的缘分，给男孩儿起名祝大金。

祝大金这个小少爷，给祝显驰的生活带来了无穷的苦与乐。

5

祝大金周岁生日，东三省已经沦陷了三百六十五天。周岁生日依照本埠风俗要“抓周儿”，以此昭示日后的吉祥。小娘子金彩可谓用心良苦，一大早就在炕上摆满各式各样的物件，虽然显得乱七八糟，却充满福禄喜庆。无论是金元宝还是乌纱帽，无不象征着祝大金的高官厚禄财运亨通的锦绣前程。临近正午时分，祝显驰从天津卫赶到杨柳青小桑园，大汗淋漓。金彩望眼欲穿，终于笑了。祝显驰无法消受金彩的笑容，大步迈进门槛便将她抱在怀里，活像个粗野的兵痞侵犯良家妇女。金彩心里最为惦记的事情是宝贝儿子的“抓周儿”，便从祝显驰怀抱里挣扎出来。这时候谁也没有在意，一个小物件从祝显驰怀里溜了出来，无声地掉在炕上。

身穿新裤新袄的祝大金老老实实坐在炕沿上，毫无表情。这孩子自从落生还没剃过胎发，仿佛戴了一顶黑色皮帽子。

抓周儿吧抓周儿吧。金彩兴奋起来，拎起祝大金坐在大炕的中央，然后大声催促着。其实祝显驰并不认为这项仪式有多么重要，只是连声附和着。这时候金彩开始大声鼓励宝贝儿子——抓周儿。

祝大金坐在大炕中央，呆头呆脑环视着身边的景致，目光显出几分茫然。金彩说，大金啊大金，你抓啊你抓，抓福，扑禄，抓喜，抓官帽子，抓金马驹，抓聚宝盆……

祝显驰不倒不正添了一句话，抓小娘子！

金彩白了显驰一眼，专心致志催促儿子抓周儿。祝大金在母亲的指挥下，朝前探着身子，突然笑了——这笑容使父母陡然感到陌生，似乎是不祥之兆。

宝贝儿子祝大金缓缓伸出右手，似乎并未拿定主意。他抬头看了看父母，然后紧紧抓住祝显驰无意之间掉在炕上的那宗物件儿。

金彩随即高声叫唤起来。她心里有数，自己在炕上摆满各式各样的东西，没有一样儿不吉祥。无论儿子抓着什么，都离不开福禄寿喜。金彩满有把握地抓住儿子的小手儿。此时祝大金将小手儿攥得紧紧，就是不松开。金彩急了，扭头望着祝显驰说，咱儿子跟你一模一样，节骨眼儿上犯了犟脾气！

祝显驰嘿嘿笑着，伏下身子轻声对大金说，宝贝儿子，你赶快松开手让妈妈看一看，你到底给自己抓了个什么前程啊。

祝大金终于松开了小手儿——抓周儿的谜底终于呈现在父母面前。金彩啊地尖叫一声，活像一只被人踩了脖子的母鸡。祝显驰伸长脖子细看，不禁愣住了。我的老天爷，这宝贝儿子怎么抓了个“门官儿”啊。

金彩一屁股坐在地上，悲观绝望大哭起来。

“门官儿”是天津娼寮界广为使用的银制淫具。祝显驰匆匆忙忙从天津卫赶到杨柳青，总是怀有嫖客心理。他没想到“门官儿”从衣兜儿里滑出来掉在炕上。祝大金这个小孽障放着金山银山不抓，偏偏将父亲的这件兵器抓在手里。等到金彩掰开儿子的小手儿看见“门官儿”的时候，望子成龙的美好心愿一下就被粉碎了。她泪水横流大声哭诉。

小孽障你怎么抓了这么个玩意啊！抓了这么个玩意长大了你也是个采花淫贼啊……

你爸爸的“门官儿”怎么抓到你手里啦？祝家真是缺了八辈子大德啊！

祝显驰知道自己是祸头，一时不知所措。祝大金这个小东西坐在炕上，不但不哭反而咧嘴笑了。

祝显驰只得劝慰金彩。采花淫贼怎么啦？我要不采花你也落不到我手里啊。你要是不落到我手里能有今天的好日子吗？别哭啦别哭啦，咱们宝贝儿子抓着“门官儿”兴许还是好事儿呢。俗话说人在花下死，做鬼也风流……

金彩当然不相信祝显驰这套歪理儿，继续为儿子抓周儿的失败而大放悲声。

祝显驰从儿子手里抢过淫具“门官儿”，然后从地上拽起哭泣不止的女人，嘿嘿笑着抱在怀里。金彩只是象征性地挣扎了几下。祝显驰再接再厉，抱起女人踉踉跄跄走进那间朝阳的北屋，办大事儿去了。

郎三起掌管着成兴当铺的业务，一下子成了杨柳青的人物。人们私下说他用媳妇换了当铺，但当面还是尊称“郎三爷”。郎三爷吃香喝辣在镇上养着个小寡妇，日子过得有滋有味。尽管如此郎三起还是心理不太平衡，他经常坐在当铺里自言自语，说金彩有什么出奇的地方令祝大少爷着迷啊？这真是王八瞪绿豆——对上眼啦。

腊月初八，祝显驰一步三摇走进杨柳青的齐健隆画店，愿出大价钱请著名画师王光涛给金彩画像。王光涛颇费踌躇，终于承接下来。祝显驰要求腊月完工。王光涛接连几天到小桑园去，观察金彩的行走坐卧。

祝显驰出重金为金彩画像这件事儿轰动了杨柳青镇。

一个身穿黑色棉袄的汉子盯上了小桑园这座青砖小院。他接连几天暗中踩道，观察地势。

正月初一，金彩的画像挂在家里，就有了两个金彩。祝大金看了看母亲，又看了看挂在墙上的画像，真伪难辨一下子哭了起来。这孩子学步很晚，一岁半了走起路来还是东倒西歪的样子。

正月十五上元节，祝大金这孩子被绑票儿的给弄走了。

郎三起从成兴当铺跑了回来，急得搓手跺脚叹气，毫无办法。

金彩痛不欲生，乘着运河冰排前往天津卫大直沽，披头散发跑进祝家大院报信儿，哭嚎着告诉祝显驰咱儿子丢啦。

金彩的哭声惊动了“伯美堂”。祝铁颤当然要追究此事。于是江月儿举报了自己的丈夫，说祝显驰在外边有人啦。于是设在杨柳青的外宅就这样暴露于光天化日之下。

祝铁颤不禁沉思起来。我儿子结婚两年了，仍然不见儿媳妇怀孕，莫非伯美堂要断了香火不成？这样想着，他叫祝三狗立即将祝显驰传唤进来。

祝显驰神色张皇站在父亲面前。

显驰啊你必须跟我实话实说，杨柳青那个被土匪弄走的男孩儿，果真就是你的亲生儿子啊？

这还能有掺假的吗？祝大金那孩子真正是我的骨血。

祝铁颤松了一口气。既然如此，你就是上天入地也要把那男孩儿给我找回来。土匪绑票儿不就是图钱吗？咱给！千万不能让他们撕了肉票儿啊。

祝显驰万万没有想到，父亲如此轻松就饶了自己。他接受父亲指令犹如脱缰烈马，穿上棉袍就窜出祝家大院。

江月儿无可奈何，只得无声落泪。她心中暗暗着急，我试了那么多偏方，怎么还是怀不上孩子呢？

二月二，龙抬头。祝大金终于被赎回来了。经过这段时间的折腾，孩子又干又瘦，小脸儿像个黑地梨儿。金彩抱着孩子哇哇大哭，可见母子情深似海。

祝显驰不愧人称狗少。他趁机向父亲报花账，声称赎金用了银洋三千，其实呢只花了一千。金彩也不甘落后，趁着热乎劲儿向祝家提出登堂入室的要求。没曾想祝铁颉看重的只是祝氏骨血，祝大金归宗写入家谱，金彩只能一边晾着。祝铁颉说只要我活着金彩休想跨进祝家大门。

金彩没被封为诰命反而贬为庶人，她当然不肯罢休，一屁股坐在祝家大院门口哭嚎不止，说祝铁颉是朱元璋，坐了江山滥杀功臣。祝显驰没辙，只得拿出家的和尚跟在家的居士打比方，说都是佛教信徒何必在乎名分呢？金彩当然不依，说外宅为什么就要低人一等。祝显驰当场拍着胸脯许愿，说给她补贴八百大洋。

金彩立即从地上爬起来大声问着，银票呢？

祝显驰脸一变，大声吼叫起来。你找郎三起去要银票吧！明明是他勾结绑匪弄走了大金，还他妈的跟我装好人儿。我从十六岁就住在窑子里，黑道白道嘛人没见过？我要是报了官他郎三起就得判罪下大狱……

金彩惊得目瞪口呆。她随即返回杨柳青，径直走进成兴当铺大声质问郎三起。郎三起将她拉到后院，连声喊冤。

我已经戴了绿帽子当了王八，祝大少爷怎么还往我身上泼污水啊！这朗朗乾坤还有讲理的地方吗？我可不能扛着这不白之冤啊！

金彩小声说，你究竟是好人还是坏人，那只有老天爷知道。

郎三起说，一日夫妻百日恩，你可不能血口喷人啊。

祝显驰果然说到做到，一纸诉状告到天津县，郎三起就被警察从成兴当铺里抓走了。虽然民国了可是照样打人，郎三起滚过热堂终于在供状上写了四个血字：屈打成招。然后他就被送到天津习艺所蹲大狱去了。

祝显驰毕竟窑皮子出身，轻车熟路就把郎三起给办了。成兴当铺继续营业，祝显驰遣散郎三起党羽，委派祝三狗前往杨柳青掌管当铺的实权。祝三狗终于提干了，心里非常高兴。

这一连串的变故，弄得俏佳人金彩懵头懵脑，人也瘦了，朝着林黛玉的方向发展。祝显驰嘿嘿笑着将林黛玉搂在怀里说，你要想早日名正言顺走进祝家大院，就天天烧香拜佛在心里祈祷我爹快点儿死……

金彩听罢十分震惊，心里说人世间怎么还有祝显驰这种混账儿子呢？祝家祖上真是缺了八辈子大德啦。

6

祝大金六岁生日那天，也就是西历九月十八日，祖父祝铁颉暴病而亡。有人说父亲是被儿子给气死的，内情不详。这时候江月儿仍然没有身孕——尽管她相信偏方能治大病，然而母鸡不下蛋似乎已成定论。

祝家大院的伯美堂大办丧事，身穿孝服的祝显驰一下被推上领导岗位，手中有了实权。

祝铁颉的寿材是一口楠木大棺材，价格抵过一座宅院。入殓的时候祝大金站在一旁呆呆看着，不知为什么咧嘴乐了。当时乱哄哄的场面，也没人注意这孩子的表情。出殡的那天祝显驰是打幡的孝子，祝大金是亡者的贤孙，父子走在队伍里哭哭咧咧的，惹人注目。

祝三狗给居住在小桑园的金彩送信儿，说祝铁颉死了。金彩听罢蹦起一尺多高，好似《八仙过海》里的何仙姑。她知道自己的好日子即将开始，就悄悄吃了一顿喜面以示庆贺。

金彩心安理得等待着祝显驰前来迎娶的消息。

左等没有消息，右等没有消息，一晃过了两个月时光。金彩心中渐渐起急，来到杨柳青镇上的成兴当铺找祝三狗打听底细。祝三狗闪烁其词不说实话。金彩笑了，说姑奶奶我迟早登堂入室坐镇祝家大院，你知道武则天跟慈禧太后吗？到了我掌权那天你祝三狗可就离倒霉不远啦。

祝三狗慌了，只得对她道出事情的真相，说江月儿横身阻拦，祝大少爷心思也淡了。

金彩深知男人心思易变，必须旺火烧锅。她对祝三狗面授机宜。祝三狗面有难色也只得应允了。

第二天一早儿，祝三狗随着金彩乘船前往天津卫。金彩身穿寻常女子的衣裳，住在大直沽的一家小旅店里。傍晚时分，金彩悄悄来到祝家大院门外，这时候祝大金扭着肥胖的小身子走了出来，祝三狗随后也出现了。金彩见到儿子当即泪流满面，拉起祝大金的小手儿就走。祝大金闹哄着。祝三狗连忙小声告诉金彩，这是个无利不走的孩子，你必须让他尝着甜头儿才行。

路旁有个卖糖堆儿的，金彩伸手摘了一支。祝大金奶声奶气说不吃这行子。唯恐耽搁久了让祝家保镖看着，金彩慌不择辞说，大金跟娘走吧我给你娶个媳妇。

金彩万万没有想到，六岁的祝大金听了这话咧嘴笑了，抬腿跟着亲娘就走。金彩喜出望外，一边走一边说，大金啊大金，你小子现在就跟你爹一模一样，媳妇迷啊。

点灯时分，祝家大院“伯美堂”的大管家孙友琛发现宝贝疙瘩祝大金没了影儿，便寻找起来。这个孙友琛当年是祝显驰的酒肉朋友，如今应聘当了大管家。孙友琛立即报告躺在榻上抽鸦片的祝显驰，说小少爷找不着啦。

祝显驰耷拉着眼皮说，这孩子他还能上天入地啊？你犄角旮旯找一找，兴许埋伏着十万雄兵呢。

身高马大的江月儿一旁帮腔说，大金这孩子最爱捉迷藏，上次蹲在咸菜缸里，拽出来的时候都快腌成咸芥头啦。

祝显驰命令江月儿率领全体人员四处寻找，可还是不见踪影。

适逢秋风扫落叶的季节。祝显驰急得院里踱步，活像一只关在笼子里的狼。他自言自语说，莫非这次大金真的遭绑票啦？

祝三狗一旁佯作着急的样子，大声叹气说，老天爷总不会让祝家断子绝孙吧。

江月儿顿时翻脸，指着祝三狗的鼻子说，你这是咒我不生养吧？祝三狗连忙闭嘴。

遍地月光。金彩悄无声响走进祝家大院，突然出现在人们面前。

身材高大的江月儿以为妖精从天而降，呆呆望着小巧玲珑的金彩。金彩旁若无人径直走向祝显驰。

江月儿大声问丈夫，这女人是谁啊跟吊死鬼儿似的。

金彩径直走到祝显驰面前突然满脸堆笑说，祝大少爷您还想要儿子吗？

祝显驰知道这不是好笑，避其锋芒说，金彩这么晚啦你还没吃饭吧？江月儿你告诉厨房……

呸！金彩一口唾沫啐在祝显驰的瘦脸上。

祝家大院平时没人敢在祝大少爷面前说“不”，就连江月儿也是适可而止。此时金彩当众发威口吐莲花，仿佛平地起雷，人们惊得目瞪口呆。

祝显驰伸手抹去脸上的唾沫，一时不知所措。

祝大少爷您还想要自己的儿子吗？金彩再次发问。

江月儿插嘴说，我们当然想要自己的儿子啦……

金彩根本不把江月儿放在眼里，仍然满脸堆笑注视着祝显驰。

孙友琛挺身保驾说夜深天凉，请到屋里说话吧。

祝显驰拉起金彩的手，走进北屋。江月儿也想跟随进去，孙友琛伸手挡驾说，您还是回避吧，我看大金的亲妈不是省油的灯……

人们散去。江月儿也回屋了。祝显驰与金彩的谈判，时断时续到了子夜时分。孙友琛身为大管家，只得门外守候。这时候北屋突然熄灯，片刻床上便传出颠鸾倒凤之声。

孙友琛笑了，听见祝显驰气喘吁吁说，金彩你是我贴身的小棉袄。金彩浪声浪气说，这辈子你也离不开我啦。

大局已定。孙友琛深知祝大少爷的浮浪性情根本无法涉过金彩的美人儿关，只得为其门外彻夜站岗了。

凌晨时分，江月儿察觉了，冲到院子里哭闹，说是奸宿。

祝显驰披着被子从北屋门缝儿里伸出枣核儿形脑袋说，你也给我生个孩子看一看！你也给我生个孩子看一看！

江月儿的哭闹之声蓦然微弱下去。

选个黄道吉日，迎娶金彩。在此之前已经有了正室，祝显驰当属纳妾。可是金彩早在正室之前育有祝家骨血，似乎又不应为妾。这真是一件缠头裹脑的难事儿。孙友琛关键时刻献上一计，说是依照本埠迎娶寡妇的风俗办理此事最为适宜。本埠迎娶寡妇不走正门，必须从后进家。其他礼仪不减。

就这样，一路上花车乐队，祝宅张灯结彩迎娶。金彩身穿红袄红裤，怀里抱着六岁的儿子从后门走进祝家大院，终于成了祝显驰的次室。

江月儿无奈，只得礼服正襟坐在大厅太师椅上，面无表情地接受了金彩的跪拜。

其实，祝家大院的真正宝贝疙瘩是祝大金。祝大金这位小少爷登上人生舞台的时候，世道已经大乱了。

下 篇

1

一晃，祝大金八岁了。

江月儿身高体壮活像一员武将，更衬得金彩像个小妖精。

中国历来妻妾难以和睦相处，祝宅亦然。尽管妻妾战争连绵不断，祝显驰还是乐于扮演和稀泥的角色并从中享受着独有的乐趣。祝大金也不是寻常的孩子，依照惯例他应当跟亲娘一派，敌视江月儿。令人惊讶的是祝大金采取不偏不倚的态度，对谁也没有远近之分。金彩气得骂他没心没肺。祝显驰看到儿子如此超然，觉得这孩子颇有大家风度。

正是由于祝大金的中立主义立场，江月儿与金彩展开了激烈的争夺战，双方争夺的对象当然就是祝大金。

祝大金并不是没心没肺的孩子。他是对发生在祝家大院里的妻妾战争毫无兴趣。然而凡是令这位小少爷感兴趣的事物，他必然要亲身实践，加以模仿。其实小毛孩子即使对事物产生兴趣，也只是三天五晌的，难以持久。可是正室江月儿为了拉拢人心，对祝大金提出的要求总是千方百计给以满足。因此金彩时常感到被动。

天津卫有童谣：跟人学，变老猫；跟人走，变老狗。祝大金这孩子正是如此，天生爱好模仿。

小时候祝大金随母亲住在小桑园，曾经去过杨柳青的成兴当铺。当铺那高高的柜台，给他留下不可磨灭的印象。祝家大院寂寞的生活使得祝大金突发奇想——强烈要求“过家家”的时候在祝家大院里开设一间当铺。

祝显驰大声斥责说，你这个小混账真是玩出花样来啦！哪有在自己家里开设当铺的？

金彩也小声劝慰着儿子。

祝大金撅着嘴说，我就是想玩出花样儿来……

江月儿闻讯，暗暗行动起来。她从邻院“叔信堂”叫来木匠，只用了两天工夫就在跨院里打造了一间木屋，进门有柜台，抬头有牌匾；然后又请来个油漆匠，照着当铺的样子刷油，跟真事儿一样。

第三天一早儿，江月儿大声对祝大金说，小少爷您的当铺今天开张吗？

祝大金似乎已经将这件事儿扔在脖子后边了，听说当铺二字怔了怔，然后便跳脚拍手，尖叫着冲向跨院。

果然跟成兴当铺一模一样，就是小点儿。江月儿颇有大获全胜的感觉，当即将祝大金打扮成账房先生的模样。祝大金的当铺生涯就这样开始了。

金彩不甘失败，追着江月儿大声质问说，您这样宠孩子究竟安的是嘛心思啊？

江月儿呵呵笑着说，我让大金从小学着做生意，是好心好意啊。你是他亲娘也不能血口喷人啊，拿着好心当成驴肝肺。

妻妾争执不休，彼此不服便找到祝显驰评理。祝显驰态度暧昧，打开留声机听起了马连良的《借东风》。

小少爷祝大金整天泡在“当铺”里，全心全意模仿着账房先生的样子，八岁的孩子其乐无穷。

俗话说无巧不成书。邻院“叔信堂”一个名叫傻姐儿的女佣听说“伯美堂”跨院里新近开了一间当铺，家里急用钱，摘下耳环跑来典当。傻姐儿走进“当铺”看见柜台里坐着个小孩儿，就问掌柜呢。祝大金奶声奶气说我就是掌柜的。傻姐儿扑哧一声笑了，递上两只“金裹银”的耳环。祝大金看了看，说这玩意儿就写一块钱吧。

傻姐儿惊了。你小毛孩子怎么懂得行市啊？

祝大金拿出一张纸片权作“当票”抄起墨笔画了一“竖”，记为一元。他又指出大拇指沾了沾印台，在当票上按了手印，抬头看着傻姐儿说，你拿着当票找我妈要一块钱吧。你二十天以里不送来赎金，它可就成了死当啦。

江月儿躲在远处看着小少爷做成这笔买卖，捂着嘴巴笑得前仰后合流出了眼泪儿。

一连三天，祝大金坐在当铺里玩得十分开心，饭量也大了。祝显驰最为关心的就是儿子的厌食症，看到祝大金大口吃饭大勺喝汤，不禁喜上眉梢。这时候金彩意识到自己已经落后于江月儿，就暗暗思谋着，恨不能立即迎头赶上。

到了第五天，当铺把戏便玩腻了，祝大金寡心淡肠坐在台阶上，沉着面孔，凡人不理。

金彩将宝贝儿子拽进自己屋里，一样儿接一样儿询问。

你想吃什么啊？祝大金摇头。你想喝什么啊？祝大金又摇头。你想玩什么啊？祝大金连连摇头。

金彩没辙，只得对祝大金夸下海口。宝贝儿子你就是想要星星娘也能找人给你摘下三颗五颗的来。

祝大金依然无动于衷。

转眼之间到了清明节。祝显驰以祝家大院的长孙身份主持伯仲叔季四座堂门的祭祖仪式。祝大金作为伯美堂的嫡传独苗儿也参加了这次活动，这使他想起了去年死去的祖父。

一连两天，祝大金食欲很差，几乎没吃什么东西。人，也就更像一只猴儿了。

金彩慌了。江月儿也慌了。第三天的时候，祝显驰慌了。倘若这孩子有个三长两短的，伯美堂岂不断了香火。祝显驰召集妻妾开会，集思广益。你们一日三餐吃得倒挺香甜，总得想方设法让小少爷张嘴吃饭吧？

金彩恨铁不成钢说，这孩子百年不遇，实在是太隔路啦。

江月儿采取褒扬战术，认为祝大金兴许还是真命天子呢。

祝显驰烦躁不安连连摆手说，别的都是老谣。你们赶紧想办法让这孩子正儿八经吃顿饭。

妻妾面面相觑，认为让祝大金这样的孩子恢复正常食欲恐怕比登天还难。同时，妻与妾之间也展开了一场恢复祝大金食欲的竞赛。

金彩的方法是晓之以理，动之以情。江月儿的方法是连哄带骗，软硬兼施。无论是金彩还是江月儿，最后均以失败告终。

下晚儿时分，金彩继续对大金实施安抚战术，说过几天带着他回杨柳青逮蝈蝈。祝大金不言不语，心里却想起了祖父的坟头。

宝贝儿啊，你要是想要嘛东西就痛痛快快说一声儿，娘明天保证为你办到。

祝大金终于说话了。娘啊娘啊我想要一口棺材。

金彩惊了。真是胡说八道！小毛孩子你要棺材有什么用处啊？

祝大金慢慢悠悠说出理由：玩儿。我就想躺在棺材里玩儿，你们都得站在棺材旁边哭嚎，就跟我爷爷死的时候一样。

敢情祝大金这孩子的心思是要模仿去年的祖父入殓。金彩气得浑身颤抖，一时不知如何是好。祝大金又说，你要是不依我，我就不活啦。

这时候江月儿站在院里大声嚷嚷，嗓门赛过杨排风。大金是咱伯美堂的独苗儿，他想玩嘛就让他玩嘛。当大人的可不能委屈了孩子啊。

屋里，金彩深怕江月儿再拔头筹，压低声音嘱咐着大金。宝贝啊咱们是亲生母子，这事儿娘一定给你安排，不过你千万可别跟外人说啊。你要是想玩儿，娘就给你打一口薄皮棺材，行吗?

祝大金咧嘴乐了，点了点头。

2

自从祝大金玩了棺材的把戏，一举成名被人们称为祝小少爷。从八岁到十二岁这几年光景里，他今天模仿这个明天模仿那个，出尽洋相。祝显驰相形见绌，只是躺在家里抽几口鸦片而已，并没有什么突出的业绩。

新生代小少爷在成长。

祝家伯美堂的大管家孙友琛的内弟是警备旅的连长，一天早午穿着军装挎着盒子炮的小舅子来找姐夫借钱，这场合一眼就让祝大金给看见了。连长走了，祝大金又开始绝食。十二岁的孩子汤水不进，更是让人揪心。这次小少爷既不开当铺也不要棺材，只要一件兵器：盒子炮。

天津卫有俏皮话：菜刀哄孩子——不是玩儿的。况盒子炮乎。祝家大院的人们轮番上前劝阻，没用。祝显驰亲自上阵，拽起坐在石头台阶上的祝大金说，好儿子，我这有一杆大烟枪你拿着玩儿吧，盒子炮那玩意儿是军火，弄不好就是罪过。

父亲的话只不过是耳旁风。祝大金眨着一双小眼睛说，我玩的就是军火，穿军装当连长。

这孩子分明是想模仿孙友琛的内弟——丘八。

这时候是公元一九四三年，市面萧条。有出无进的祝家伯美堂财力日见空虚。一只盒子炮的价钱，恐怕超过一等窑姐儿。祝显驰心里算计着，派孙友琛出去打探行情。

尖嘴猴腮的孙友琛不到两个时辰就跑了回来，说找着暗地倒腾军火的商人了，盒子炮贵，大杆枪便宜。

嘛样儿的大杆枪啊？祝显驰听说便宜，追问不已。

就是汉阳造呗。孙友琛伸手比划着。

祝显驰为了节省经费，暗暗决定买一支汉阳造。他来到金彩屋里看见大金躺在床上打蔫儿，就嘿嘿笑了。

食欲不良的祝大金撩起眼皮说，爹，您有屁就快放吧。

金彩象征性地指责说，大金不许跟你爹这样说话！

祝显驰似乎对儿子的无礼并无强烈恶感，这就是上梁不正下梁歪。他嘿嘿笑着告诉大金，盒子炮明天就能买来。

祝大金一个鲤鱼打挺，便从床上蹦了起来。

金彩也惊讶得看着丈夫。

不过，盒子炮哪里比得上大杆枪啊。关云长的青龙偃月刀那叫大兵器。窦尔墩的护手钩就显得小啦。大金啊依我说玩枪就玩大杆枪。

祝大金拍手叫好。这个好大喜功的孩子，当然要大杆枪而放弃盒子炮。

大杆枪终于买来了。这军火是藏在一捆麻秆儿里由挑夫送进祝家大院的。一支老式汉阳造，同时还配了五颗枪子儿。小少爷祝大金抱着大杆枪笑乐得在地上打滚儿，发出喜悦的尖叫。金彩知道枪子儿这东西的厉害，抓在手里扭身进屋藏了起来。

有了大杆枪，祝大金夜以继日地玩耍，果然饭量大增。午饭四个馒头，晚饭米饭三碗，有时还要添加夜草。这对祝家大院来说，不啻天大喜讯。只要独苗儿能够茁壮成长，伯美堂就不会断绝香火。

一连十几天，祝大金对这支汉阳造爱不释手，就连晚上睡觉也将大杆枪搂在被窝儿里，比媳妇还亲。祝大金的兴趣从来没有如此久长。然而人们并没有意识到这不是吉兆。

话说祝三狗在祝家大院当差多年，全凭两条长腿一双大脚，奔前跑后。天有不测风云。那天临近中午，荣任杨柳青成兴当铺经理的祝三狗前来述职，经过跨院的时候只听咣地一响，他左腿一颤就倒在地上。

人们听到枪响蜂拥而至。祝大金抱着大杆枪呆呆站在大槐树下。祝三狗左腿淌着鲜血趴在地上疼得哇哇大叫。

大杆枪走火了。可祝大金哪里来的枪子儿呢？金彩跑到屋里打开首饰盒一看，果然只剩下四颗子弹了。

人们赶紧抬起祝三狗前往医院，动手术。祝显驰惊慌失措唯恐出了人命官司，忧心忡忡抱起大杆枪扔进了后院枯井里。

祝显驰很有先见之明。下晚儿就来了两个日本宪兵和一个翻译官，说是祝家大院私藏军火击伤良民，祝显驰有通匪通共的嫌疑，必须到日本宪兵司令部接受审问。

弱不禁风的祝显驰走出祝家大院竟然气喘吁吁，他小声央求翻译官，说我花钱雇车送我去宪兵队行吗？

翻译官笑了，说有文有武陪着您，祝大少爷就溜达溜达吧。

丈夫被抓走了，江月儿与金彩之间的战争骤停，共同坐在大槐树下哭嚎不已。大管家孙友琛尽职尽责一旁劝慰，他趁机摸了一把江月儿肥硕的屁股。江月儿接受了这份特殊的安慰，立即停止哭声。

黄昏时分，多年不曾露面的郎三起走进祝家大院。他二话不说扑通一声跪在金彩门前，高声喊冤。金彩看到前夫突然而至，一时感到莫名其妙。

郎三起啊我这又不是县衙门你跑到这里喊哪门子冤枉呀？

郎三起自有道理。他告诉前妻自己被祝显驰诬告以绑匪罪名送上法庭，在习艺所蹲了八年大狱。前年终于刑满释放，流落街头衣食无着，祝家必须包赔他八年含冤入狱的损失。

金彩哭了，说早午祝显驰被日本宪兵队抓走了，指不定什么时候放回来。听到这个最新消息郎三起连连跺脚说，这就是祝显驰的报应啊。

江月儿大步走过来大声批判说，金彩啊咱当家人今天早午刚被日本宪兵抓走，一眨眼的工夫儿你就招来个男人，这可有伤风化啊。

金彩被江月儿说得哑口无言。

郎三起趁机威胁，说金彩你只要给我钱我立马儿就走。金彩十分为难，说我手里哪有钱啊。

江月儿认为自己大获全胜，雄赳赳气昂昂回屋了。

金彩急中生智，终于有了主意。

3

早午丈夫被日本宪兵队抓走，黄昏时分多年不见的郎三起便出现在祝家大院，天下难道真有这种巧合？金彩只是天生一张漂亮脸蛋儿，心机不深。她面对郎三起的纠缠，又不愿意拿出私房钱来支应，于是灵机一动想起祝显驰早午扔在后院枯井里的那支大杆枪。

天色渐渐黑了。金彩手里拿着麻绳麻袋一应用具，领着郎三起来到后院，蹑手蹑脚走近枯井。

这时候祝大金乏了，正躺在母亲床上呼呼大睡。无论祝家大院乱成什么样子，人家这位小少爷美梦依旧。

枯井前金彩告诉郎三起，那支汉阳造最少也要值上二十块银洋，说要她将麻绳拴在郎三起腰上，告诉他麻袋是用来包裹大杆枪的。郎三起突然抓住前妻的小手儿，说从今往后咱们还接着过日子吧。

金彩心软了，允许郎三起亲了亲嘴儿，然后她挣脱出来说，你就死了这心吧，我这辈子也不会跟你一块过日子啦。

郎三起将麻绳拴在井台上说，三十年河东三十年河西，金彩你可不要把话说绝了……

金彩眼里含着泪水，转身走了。此时她并不知道自己做了一件天大的愚事。

郎三起从枯井里取出那支汉阳造大杆枪，用金彩给他的麻袋包得严严实实，攀过祝家大院的后墙，朝着日军新仓库方向窜去。

一路上他想起金彩，心头热辣辣。多么好的小媳妇啊，我一定要把她夺回来重新过日子。这样想着郎三起嘿嘿冷笑了，远远看见了日军新仓库的岗哨。

日本宪兵司令部接到日军新仓库岗哨的电话，立即派车将郎三起接到审讯室。在此之前日本宪兵长官已经决定明天释放祝显驰。此时看到郎三起送来的汉阳造步枪，日本宪兵司令顿时大怒。祝显驰私藏军火罪证如山，竟然通过王翻译官前来求情，真是胆大包天。被激怒的日本宪兵对祝显驰再动大刑：灌辣椒水，压杠子，皮鞭炖肉……不到一个时辰，从十六岁就住在窑子里的祝大少爷便一命呜呼了。

天津卫的“八大少爷”又阵亡一位。

郎三起因举报有功而获得日本宪兵队的奖励：二十块银圆。

这个菜农出身的汉子走出日本宪兵队立即跑到陆七饭馆给自己庆功。他一边喝酒一边算账。我要是把那杆汉阳造卖给军火贩子，二十块银洋；送给小日本儿呢赏金也是二十块银洋。这笔买卖合着我是一兑一，不赔也不赚啊。

此时郎三起并不知道祝显驰因此而丢了性命。他喝得酩酊大醉倒在马路边，身上的银圆半夜时分被叫花子掏得精光。

第二天，祝显驰的死讯传到祝家大院。一时间伯美堂地动山摇人心大乱。金彩当场晕厥。江月儿嚎了几声，神情恍惚。孙友琛立即告诫江月儿，说总柜钥匙一定要牢牢攥在手里。江月儿倏地清醒过来，拉住孙友琛的胳膊说，当家人死啦从今往后我可全指望你啦。伯美堂乱成一锅粥，唯独小少爷祝大金手持马尾儿坐在大槐树下嘻嘻笑着正斗蛐蛐呢。

郎三起一路小跑冲进祝家大院，看见祝大金这份德行顿时火冒三丈，大声叫骂“小杂种”。祝大金眨着小眼睛收起蛐蛐罐儿抬头看着郎三起，没头没脑冒出一句话，气得郎三起差点儿当场昏迷。

我想跟你学绑票去。

郎三起走上前去掴了祝大金一巴掌，说小孽障你干脆跟我学杀人吧。

祝大金并不胆怯，说那是粗人干的事情，动不动就溅人一身血。

这时候金彩终于清醒过来。她冲出屋门跑到院里，披头散发哭嚎起来。孙友琛走过来一声大喝，说不许哭丧。

江月儿威风凛凛踱着步子，高声大嗓说，祝显驰私藏军火是让你给害死的，从今天起我要清理门户，你这个小狐狸精带着那个小杂种明天就给我滚蛋！

孙友琛嘿嘿笑着，说识时务的赶紧走人，别等老子动手。

金彩明白了，江月儿跟孙友琛早就勾结在一起了。祝显驰一死，这里恐怕没人肯为自己说话了。

郎三起知道自己应当出场了，凑上前来大声说，金彩啊我说迟早咱俩还能在一块儿过日子，这回你信了吧？

金彩似乎明白了几分。敢情是你们合伙把祝显驰给害死啦？你们这伙人也太缺德啦。

郎三起小声告诉金彩是她把祝显驰给害死了。

祝大金慢慢悠悠走了过来。金彩一把将儿子搂在怀里，说咱娘俩真是命苦啊，大金等你长大了一定要给妈妈争口气啊。

十二岁的祝大金嗯了一声，伸手指着郎三起说，现在我就想跟他学绑票儿。

人们哭笑不得。

江月儿原形毕露，大步冲上来指着祝大金的鼻子说，你不是见什么就想学什么吗？从今往后你就学着沿街要饭吧小杂种！

祝大金终于说了话：从今往后我学着日你祖宗！操……

真是好儿子。金彩从心里感到高兴。无论怎么说亲生的儿子金不换啊。你江月儿这辈子算是没有这个福分啦。

4

江月儿终于尝到了正室发号施令的威风，她叫孙友琛扔给金彩母子五十块大洋，然后将其扫地出门。多年富足安逸的生活就这样毁灭了。

金彩只得拾掇东西带着儿子迁居南市荣业大街的一座大杂院里。此时金彩已经弄清丈夫死亡真相，认为郎三起是罪魁祸首，便恨在心里。郎三起以为鸳梦重温不成问题，嘴里哼着窑调扛着铺盖卷儿走进了金彩住的大杂院。金彩抡起扫帚将这个无赖轰了出去，大声怒吼着活像一只母老虎。

金彩含着眼泪走进屋里，大声问大金还想不想跟那个混账学绑票儿。大金手里拿着小人儿书显得极其稳重，摇了摇头对母亲说，我看见大街上有磨剪子的，我想跟他学吹喇叭。

金彩破涕为笑。你这个孩子呀，怎么看见什么就想学什么呢？

我这个人就是爱好模仿，三天打鱼两天晒网的。祝大金慢条斯理说着，接着看那本小人儿书。

吃晚饭的时候，金彩盘腿坐在炕上郑重其事说，你爸爸是天津卫的八大少爷之一，他死了咱们的好光景也就结啦。从今往后只能过清苦的日子，安分守己粗茶淡饭保平安。

祝大金心不在焉，嗯了一声算是应答了母亲的叮嘱。

果然，第二天一早祝大金跑到大街上去跟磨剪子的学习吹喇叭。磨剪子的告诉他要想学会正宗的喇叭调，应当去找红白喜事的吹鼓手。祝大金点头称是，第三天就对吹喇叭丧失了兴趣。

一天三变，凡事没个准稿子。见了什么就学什么。金彩对儿子的这种见异思迁的性格感到忧虑，恐怕日后难以谋生。

南市果真是个好地方。天津卫就数这里热闹。五行八作三教九流，什么鸟儿都有。对于爱好模仿的祝大金来说，南市如同天堂。面对花花世界，祝大金就是一天模仿一样儿，活到八十八岁恐怕也模仿不尽。

三不管有个变戏法儿的艺人，外号金猴子。他变的戏法儿天衣无缝引人入胜，祝大金入了迷，天天跑去看金猴子变戏法儿，回到家里苦思冥想，企图通过模仿来破译戏法儿的秘密。

这是祝大金有生以来历时最久的一次模仿，他专心致志模仿着金猴子的一招一式，二十多天毫无心得。金彩看到儿子如此执着，不知是悲是喜。

是啊，人世间的事情有时是根本无法模仿的。祝大金收起自制的变戏法儿道具，颇为无奈的样子。

金彩告诉儿子：穷学富，赛喝醋；富学穷，虫变龙。

祝大金听了，若有所思。

为了赚几个零花钱，金彩挎着篮子上街去缝穷。所谓缝穷就是给穷汉们缝补衣裳。南市的穷人多，一针一线也就成了活命的营生。

祝大金路过著名的魏氏风筝铺，停住脚步呆呆看着。回到家里自己动手扎了个“小燕儿”，搬梯子上房放起了风筝。金彩缝穷回来看见儿子站在屋顶放风筝，不禁感慨良多。

当年你爹站在金刚桥上放风筝，那真叫威风啊。他跟我就是风筝姻缘一线牵，后来成了恩爱夫妻。如今咱们虽然穷啦，可你还是祝家小少爷啊。

站在房顶上的祝大金静静听着母亲唠叨，猛地一撒手——天上的风筝拖着长线跑了。

十五岁的时候，祝大金仍然是个游手好闲的半大小子，混迹于天津南市的大街小巷，看热闹儿。他的兴趣显然发生了变化。当年在祝家大院里“开当铺、打棺材”的闹剧似乎不会重演了。他的兴趣变得愈来愈实际，人呢也变得愈来愈不撩眼皮，双目微闭仿佛关公转世。

一天他路过煤场，看见小伙计们摇着竹篮儿正在制造煤球，于是兴趣大长，拿了一条麻袋买了一百斤煤末儿扛回家里，模仿着人家煤场的小伙计，摇出了一堆堆煤球。祝大金终于笑了。

金彩却嘤嘤哭了起来，她认为儿子懂得了生活的艰难。

金彩渐渐恢复了对生活的信心。她将当年祝显驰在杨柳青重金延请著名画师王光涛为自己画的“美人像”镶在镜框子挂在屋里，立即四壁生辉。

祝大金回家看见母亲挂在墙上的画像，瞪大眼睛注视了很久，然后十分忧伤说道，可惜我爹已经死啦。

金彩抹着泪水说，好在我还有你这个儿子啊。

海河东岸的意大利租界里有一座著名的回力球场。这种赌博场所全亚洲只有三处：上海，澳门，天津。祝大金咬了咬牙花钱买了一张门票，终于走进了朝思暮想的回力球场。所谓回力球就是两个球手朝着一面大墙轮番挥拍击球，球呢从墙上弹回来，击球者想方设法不让对手接着，这个球就算赢了。赌徒们根据球手的号码押注，输赢规则很像赛马会。英租界赛马会有《马经》，意租界回力球场也有《球手简介》。

祝大金看着看着，手就发痒了。他多想模仿赌徒的气派押上一把赌注啊。可是祝小少爷兜儿里没钱，只得一旁观战。

我父亲是天津卫八大少爷之一，可我辈就连一场回力球也赌不起啦。祝大金心里很是伤感，无精打采回到家里。

家里的晚饭是贴饽饽熬小鱼儿，属于粗食。祝大金低头吃着，偶尔撩起眼皮瞧一瞧挂在墙上的母亲画像。看起来家里真的没有什么值钱的东西了。

母亲并不知晓儿子的心思。

第二天，金彩外出缝穷。祝大金从墙上摘下母亲的画像，卷起来夹在腋下奔了博古斋画店。

博古斋画店开价很低。祝家小少爷指着画里的人物说，你知道她是谁吗？她就是天津卫八大少爷之一的祝显驰的第二房夫人。

博古斋画店的经理似乎听过祝显驰的大名，奸笑着问祝大金是谁。

祝大金撩起眼皮答道，我就是祝显驰的公子。

拿着钞票走出博古斋，祝大金知道已经把母亲卖了，就伸手抽了自己一记耳光。这脆响的声音引起路上行人的注目。

过了海河走进意租界回力球场，祝大金登时兴奋起来。他从球手简介上看到，7 号保罗是一个胜率很高的球手。

他模仿着老赌徒的样子，把赌注押在 7 号保罗身上。

黄昏时分两手空空回到家里，祝大金饭也不吃倒头便睡。母亲站在床前不言不语注视着儿子，只字不问画像失踪的事儿。

祝大金爬起身来目光低垂，不知如何是好。他张口告诉母亲，博古斋画坊的经理连声夸赞祝显驰的第二房夫人美若天仙。

金彩苦笑了。这苦笑使她的脸上皱纹陡生。

5

自从出入回力球场，意租界中街附近的一个专卖锅饼的摊位引起了祝大金的兴趣。只见一个老汉赤膊上阵，拖着一条粗大的木杠伏在案板上压制面团儿，嘿哟嘿哟叫着活像一头欢快的瘦驴。祝大金越看心气儿越高，走上前去要求一试身手。老汉哧吭着闪在一旁。祝大金接过杠子，只压了几下，便感觉气力单薄难以驾驭。

他问老汉贵姓。老汉说免贵姓马。祝大金心里说，就凭您这把子力气应当姓驴才是啊。他告诉马老汉，从明天开始就来这里玩耍，白出力气不要工钱。

这时候马老汉的铛里烙熟了一张热气腾腾的锅饼，看上去足有锅盖那么大，三寸多厚。这种锅饼咬着硬吃着香，没有铁口钢牙怕是难以消受。马老汉的锅饼因此成了天津卫的著名吃食。

一个黑人来到马老汉的摊前，操着半生不熟的中国话，说买了两斤锅饼。祝大金自幼生长在华界，很少见到黑人。马老汉告诉他黑人名叫山德鲁，这个山德鲁天天泡在回力球场里，就跟三不管里的二流子一样。

祝大金听罢笑了，觉得自己开了眼界。

从此，祝大金天天来到这里，模仿马老汉制造锅饼，其乐无穷。祝大金以往的模仿，均属于狗少性质，唯独这次学习制作锅饼是与劳苦大众的真正结合。通过跟马老汉这样的劳苦大众相结合，祝大金与黑人山德鲁也熟悉起来。山德鲁告诉祝大金，他一日三餐离不开马老汉的锅饼，这东西很有咬劲很有嚼头，西式面包与它相比就像老年女人松垮的乳房，令人倒胃。

这个有趣的比喻令祝大金哈哈大笑。在此之前他根本不会想到面包与乳房有关。

祝大金就这样学会了制作风味独特的锅饼。

祝三狗的突然出现使得祝大金中断了有趣的锅饼生涯。

祝三狗治好腿伤成了瘸子。他倾其半生积蓄来到南市，开了一间小当铺，距离金彩家不远。祝大金看到当铺开张便走了进去。祝三狗看到这个小伙子面熟，不禁怔了。

你是当年的小少爷祝大金吧？

祝大金撩起眼皮点了点头。这时候的祝大金已经十八岁了。

你玩枪走火打断了我的左腿，你小毛孩子也不是故意的，所以我并不恨你。祝三狗唯恐祝大金惴惴不安，就这样宽慰着他。

经祝三狗提醒，祝大金这才想起当年祝家大院的生活以及那支引发祸端的汉阳造步枪。

祝三狗对祝大金年纪轻轻如此健忘感到极其惊诧。

祝大金垂着眼皮说，从前的事情显得很淡远了，真的忘啦。

你还记得你爹是天津卫的“八大少爷”之一吗？

祝大金点了点头说，这事儿我没忘，心里记着呢。

祝三狗说，今儿晚上我逛窑子去，这次你不跟我学啊？

好事儿我不学，坏事儿我是一定要学的。今儿晚上只要是你付账，我是必然要跟你学一学的。

这时候，已经公元一九四八年的岁尾了。人们传说之中的八路军其实已经改称解放军。东北野战军分批陆续进关，控制平津地区。

正是在这种形势之下，家道中落的祝大金随着祝三狗走进了妓院。这又是他人生旅程上的一次重要学习——尽管这种事情对男人来说往往无师自通。

最令祝大金难忘的是在妓院门口遇见了郎三起。这个菜农出身的汉子已经沦为叫卖春药的贩子。

郎三起的吆喝非常下流：吃了我金枪不倒的春药，X 死窑姐儿我可不偿命啊……

郎三起投来藐视的目光。祝大金不慌不忙走上前去低声告诉春药贩子，祝家少爷永远是少爷身份。

郎三起反唇相讥，我的春药永远是金枪不倒。

公元一九四九年一月十日，林彪指挥的东北野战军对天津城发起总攻击。说来也是天意，就在解放军攻城大炮响起的头一天，祝大金结了婚。他媳妇是大杂院里邻居的闺女，名叫彭苹果。

6

中华人民共和国成立之后，开展了镇压反革命运动。住在南市荣业大街上的金彩心神不宁，唯恐灾难降临自家头上。儿媳彭苹果悄悄向丈夫打听婆母的底细。祝大金眨着小眼睛颇费思索，说我妈妈从来也没有反对过革命，不过她从来也没有支持过革命。

彭苹果认为自己娘家也是缝穷的，没有反革命分子。

有仇的报仇，有冤的申冤。大街小巷贴满鼓舞人心的标语，号召广大劳苦大众挺身而起，控诉万恶的旧社会。

苦大仇深的人们纷纷走上讲台，字字血声声泪向南市的地痞恶霸反革命分子讨还血债。祝大金挤在人群里听着，觉得很有意思。

博古斋的经理居然也挺身而出，站在讲台上控诉汉奸恶霸袁文会当年欺行霸市的罪行。

咦？敢情人人怀里都有一本血泪史啊。祝大金挤出人群思前想后，一下子就明白了。

我也要上台控诉。我爹就是被日本宪兵队给弄死的。想到这里，祝大金转身挤进人群，学着博古斋经理的样子，扬起拳头大声喊道，我要控诉！我要控诉！

人们闪开一条通道，祝大金噔噔走上台去。军代表是个白净脸小伙子，他大声鼓励着祝大金说，今天有人民政权给你撑腰，你放心大胆谁也不要害怕。

模仿能力极强的祝大金早就观摩了几场控诉会，当即进入角色。他从父亲购买汉阳造步枪说起，指出江月儿和孙友琛勾搭成奸，又指出郎三起举报父亲私匿军火引来日本宪兵队……

这时候台下有人带头呼喊口号，气氛热烈场面壮观。祝大金受到感染，挥着拳头大声吼叫，向旧社会讨还人命！血债一定要血来偿！

祝大金也不知道自己究竟是怎样走下讲台的。回到家里他告诉母亲，说登台控诉了江月儿和孙友琛，还有那个郎三起。

金彩听罢，心里害怕起来，说咱们粗茶淡饭保平安，千万不要惹是生非啊。

彭苹果也劝慰丈夫，说明天你躲在家里千万别出去啦。

事情有了开头，必然要有结果。郎三起果然遭到逮捕，罪名是汉奸投敌犯，被他迫害致死的祝显驰。郎三起不服，大声说祝显驰抢走我媳妇你们怎么就不管呢。

江月儿和孙友琛同时被捕。

这就是人民政权的威力。

从此，小少爷祝大金成为自食其力的劳动者。这时候他惊喜地发现，自己无意之间掌握了六门手艺，其中包括摇煤球和磨剪子。最终他选择了搬运社。他在搬运社里拉排子车。

二十一岁的祝大金猛然粗壮起来，一顿饭能吃四个大饼子。这几年唯一令他感到内疚的事情就是出卖了母亲的画像，博古斋经理说下落不明，看来已经很难追回了。

母亲宽慰儿子，说那画像是旧社会的东西，卖了也罢。

祝大金十分坚决地摇了摇头，说新社会您是我亲生母亲，旧社会您也是我亲生母亲。

金彩欣慰地哭了起来。

公元一九五三年三月五日，斯大林同志逝世。恰恰在这天彭苹果生了个男孩儿。全家偷偷吃了喜面，以示吉庆。没曾想这事儿被人告发了，说斯大林同志治丧期间全民哀悼，祝大金居然吃了喜面，全家欢庆。反对苏联就是反对革命。

这次也该轮到祝大金倒霉了。彭苹果担心丈夫被抓去劳改，连夜为他准备冬夏两季换洗的衣裳。

憔悴的金彩吓得浑身颤抖，泪流满面。

第二天一大早儿，果然有人叩门。祝大金从这叩门声里听出几分和气，心里纳闷起来。

门外站着两个身穿制服的官方人员，一胖一瘦。胖子问他是不是祝大金。他点头承认。瘦子立即前面引路，快步走出大杂院。

大街上停着一辆美式吉普车。祝大金被押到车上，一溜烟开走了。这时候祝小少爷心里模仿的是光绪年间出红差的谭嗣同。

前来看热闹的人们议论纷纷，说祝大金是小少爷出身，兴许罪孽不小呢。

吉普车将祝大金拉到市人委外事办公室。祝大金不知这里是什么衙门，心里做好了吃枪子儿的准备。

一位身穿列宁服的女官员迎面走来，态度十分和蔼。

你就是祝大金同志？

祝大金连忙点头答是。

你还会做锅饼吗？

锅饼？做锅饼你们最好去意租界找马老汉。他是正宗……

女官员笑了，说如今哪里还有什么意租界，再说马老汉已经去世了。所以我们找到了你。祝大金同志现在有一项十分重要的外事工作要你去做，你能够完成任务吗？

祝大金懵了。

你还记得那个黑人山德鲁吗？

祝大金点了点头，更懵了。

原来黑人山德鲁离开中国回到他的非洲部落，恰巧正逢酋长逝世，根据家族血缘他随即继承金手杖，成为新任贝尔沃吉酋长。山德鲁不理睬台湾政权，奉行与中国大陆的友好政策。这对诞生不久即遭到国际帝国主义孤立的新中国政权来说是极其珍贵的。山德鲁的部落曾是法国殖民地，他通过法国商会与中国联系，吁请中共当局允许天津意租界的锅饼制造商马老先生前往贝尔沃吉部落充当他的“御厨”。铁嘴钢牙的山德鲁对天津锅饼的思念，溢于言表。

然而马老汉已经去世。山德鲁立即提出第二人选：祝大金先生。

吉普车送祝大金回到家里，他仍然懵懵懂懂的，仿佛喝了迷魂汤。母亲扑上前来问他是不是被打傻了。他摇头说中国共产党不打人。媳妇彭苹果泪眼汪汪问他是不是回家来拿铺盖马上就走。他摇头说不用拿铺盖，吃喝拉撒睡政府全管，后天出发。

金彩和彭苹果，无论如何也弄不明白这到底是怎么回事儿。

祝大金说头昏脑涨地躺在床上歇一会儿。他歇着歇着就睡着了。

夜里，祝大金醒了。他翻身爬起看了看睡在身旁的媳妇，又看了看睡在媳妇怀里的大胖小子，猛地叫嚷起来。

媳妇以为他发疯了，吓得抱起孩子躲进屋角。睡在隔壁的母亲闻声披衣跑过来，连声安慰儿子。

祝大金慢条斯理将山德鲁的故事讲了一遍。

母亲与媳妇面面相觑，无论如何也不相信这是真的。

祝大金对母亲说，我成了国家外交工作人员。河东大直沽的老宅政府答应还给咱们，我出发去非洲之后，您就带着苹果娘儿俩搬回去住吧。

金彩十分激动地说，儿啊我怎么觉得这跟听评书似的？这是真事儿啊……

祝大金出发那天，吉普车来接。祝大金穿着蓝色毛哔叽制服，显得人模狗样的。他与母亲告别，然后又亲了亲儿子的小脸蛋儿。大杂院里站满了看热闹的人们，有的羡慕，有的嫉妒。

祝大金突发奇想小声对母亲说，我想花钱雇人把我从院里背出去，一直背到吉普车上。

金彩怔了，说人家共产党可不讲这套啊。当年你爹他……

我就是为了超过我爹！谁让我会烙锅饼呢，我得抓住这个机会。

彭苹果听了丈夫的话，转身跑去叫来了祝三狗。

祝三狗一瘸一拐背着祝大金同志出了院子，一步步走到吉普车前。俗话说山不转，水转。共产党坐了江山，祝大金这小子居然屁股冒烟儿，有了前程。

吉普车司机是个来自冀中根据地的红小鬼，他革命多年从未见过祝大金这种动物。于是他十分关切地问道：祝大金同志你病啦，哪儿不舒服？

祝大金得意扬扬坐在吉普车里，嘿嘿笑着说，我哪儿都舒服。你专心专意开车吧，咱们现在就去非洲……

喜荣归

第一出

半夜坐得久了，初春时节还是觉得脚冷，仿佛穿了一双马口铁鞋。青年教师俞明喜放下一摞作文卷子，起身离开写字台去找寻御寒袜子。他的中等身材被灯光投映到墙壁上，一下被放大为巨人。巨人轻轻拉开壁柜，看到隔板上贴着一张隶书体小纸条：厚线袜子和鞋套在左边第二格里。

心头嗡地一热。吴荣成天凉赤脚不畏寒，却给我备了厚线袜子，这是兄长的体贴啊。俞明喜猫着腰穿好这双紫色厚线袜子，下肢渐渐暖和起来，反而觉得肚子饿了。小步儿踩着“榻榻米”穿厅过室来到厨房，老鼠似地寻觅着食物。

俞明喜和吴荣成都在私立淑德女中任教，俩人合租这套地处华界善邻里的日式公寓，每月租金八元。俞明喜教小代数和三角，吴荣成教国文和地理。性格温和的吴荣成年长俞明喜八岁，三十出头独身未娶，然而在课堂上讲起“氓之痴痴，抱布贸丝”的诗篇，却是神采奕奕，很受女生欢迎。

吴兄，您告假未归，翟白丁校长让我给你代课，半夜饿肚子替你判卷子呢。眉清目秀的俞明喜找不到充饥的东西，并不焦急反而微笑着。

厨房水槽旁边贴着一张小纸条：炒面在磨口瓶里。这又是吴兄的隶书体小字，亲切地引导着俞明喜找到那只蹲在大瓮里的玻璃瓶子，这是半瓶炒得微黄的小麦粉。他愈发感到吴兄留下的温暖，弥散在夜半空气里。

大瓮旁边有一只小瓮，小弟弟似的。俞明喜参加了地下学运组织，平时却不留心生活细节。此时萌动好奇心，他掀起小瓮盖子看到里面盛着浑浊的液体，一股暧昧的味道冲鼻而来。

吴兄您是国文老师，怎么把厨房弄得跟化学实验室似的，想改行啊？俞明喜自言自语地放下小瓮。可能出于内心孤独，他养成自言自语习惯。此时，他又忘了华文书店经理老燕的告诫：“必须改掉自言自语的习惯，有时候小毛病会泄露组织大机密的。”

洗了洗手冲了一小碗炒面，却意外品出淡淡的杏仁味道。哦，去年夏天淑德女中杏树落果，吴兄攒了几只杏核，敢情做了炒面调料。吴兄不光热爱旅行，也是居家男子。

脚暖了，肠胃也暖了。窗台上放着半盒“艳美人”牌香烟，这是吴兄剩下的。平素不吸烟的俞明喜抻出一支，小顽童似地划亮洋火点燃，笨拙地抽一口烟含在嘴里，不敢往嗓子里送。他终于憋不住气，噗地喷了出来。吴兄的身影便烟雾似地站在眼前。俞明喜不敢再吸，手里举着这根烟卷好似庙里的香客。

缭绕的青烟里透着吴兄的亲切气氛。俞明喜起身走进厕所。平日里公寓杂役把这里拾掇得很干净，便池的白色瓷釉泛着暗光。紧靠水箱的墙角放着一只印有日文商品标签的小瓶子，其中两个汉字很是醒目：绝灭。

俞明喜记起来了。寡居的嫂子徐凤珍住在堤头贫民区平房里，饱受臭虫侵袭。吴兄不言不语弄来这瓶特效杀虫药“绝灭”，日本货。只施了两次药，臭虫就像宣统皇帝一样退了位，从此嫂子不再遭受臭虫困扰。尽管徐凤珍痛仇小日本儿，对这瓶日本货却称赞不已，说啥时中国能做出这么灵的臭虫药，咱们就强了。吴兄很有同感，说不光是臭虫药，还有军舰大炮。

嫂子徐凤珍明理懂事，知道这东西不好淘换，便把用了半瓶的“绝灭”送还吴荣成。俞明喜至今记得，她问吴兄“绝灭”这两个汉字的日文读音。吴荣成礼貌地对徐凤珍说，我也不懂日文，就按汉语叫它“绝灭”吧。嫂子眨着一双杏核眼儿笑了，说你的绝灭就是厉害，把臭虫都轰到爪哇国去了。

走出厕所重新坐到台灯前，身心通泰的俞明喜继续批阅作文试卷。吴荣成是级任教师，高一甲班女生的作文能力，普遍很强。这次作文题目《论读书》，有五张试卷俞明喜已然判了“甲中”，七张判了“乙上”。伸手取出序号 15 的丁小夏的作业袋子，看到里面夹着一张拾圆面额的法币，他笑了。这位女生把钞票错放在作文考卷里，真是太马虎了。

丁小夏的作文，开篇匆匆论了几句读书的益处，使人觉得她要拎着行李去赶火车。之后笔锋骤转，她写出这样一堆文字：

你是一册厚重的大书，打开扉页我阅读着，字里行间的伤感弥散在黑暗里，更使得我滑向虚空，不知身居何处。心儿变得扁平，在光影的间隙里疾疾跳动。黑夜动机不明地包容着我，等待梦的解救。然而梦被小虫儿蛀了，残片被小猫儿叼走，挂在风铃旁边，无言地晾干了。我以为你是一片片甲骨文，你却读不懂我的白话文章。

这好像一篇私人日记。俞明喜笑着伸出手指插进头发里，从容地挠着。然而，丁小夏并未因此停笔，她在试卷结尾附言，读罢令俞明喜倒吸一口凉气。

俞先生：您代课辛苦了。十分抱歉，近来我彻夜失眠神情恍惚，这次国文考试肯定烤糊了，假若我作文成绩是丙下，我父亲肯定要打断我的腿的。可是我没有办法振作自己，兹附茶资拾圆，略表悔过之意。

匪夷所思。国民政府官员腐化堕落金钱拜物，一个女学生也学会钞票开路买通老师，真是斯文扫地。热血青年俞明喜愤怒了，眉心紧锁瞪大眼睛，白皙的脸庞涨得透红。他感觉受到莫大污辱，气呼呼脱掉厚线袜子扔到角落里，使劲跺着脚。脚下日式“榻榻米”无声承接着他的怒气，表现出东洋式的坚忍。

丁小夏，就你这样儿还能成为国民新青年？明天我就拜访你父亲，看他怎样打断你双腿。俞明喜怒气难消，忍不住再次点燃香烟，一口气吸到肺里，立即被呛得剧烈咳嗽。

这时候，他想起自己是抗日学运组织“民先队”的核心成员，必须克制情绪保持警惕，于是重新落座，再次阅读丁小夏的试卷。

……然而梦被小虫儿蛀了，残片被小猫儿叼走，挂在风铃旁边，无言地晾干。我以为你是一片片甲骨文，你却读不懂我的白话文章。

不知为什么，此时俞明喜从中品出几分少女怀春的味道。他是代课教师，只记得丁小夏比同班女生大几岁，亮眼睛，翘鼻子，圆脸蛋儿，那形象容易令人想起早熟的浆果，散发着过度的芬芳。

平心而论丁小夏还是有文采的，辞藻优美，抒情细腻，有微风拂水的质感，尽管文不对题。他从小心软，往往宽谅别人。此时也不忍痛下狠手，抄起红笔还是给了丁小夏成绩，连同她的拾圆钞票放回作业袋子。如今拾圆法币能买八十斤粳米。丁小夏出手阔绰，一定家境殷实，属于吃穿不愁的富家小姐。

咦，以前考试丁小夏也在卷子里给吴荣成夹法币吗？他意识到这种臆断对吴兄人品不恭，就暗暗责怪自己有小人倾向。

心情平复，继续阅卷。吴兄的确教学有方，大多数女生作文俞明喜判了“乙上”，也判了几份“甲下”。终于判到最后一份试卷，他伸了伸懒腰——祁秋月的名字跃入眼帘，顿时振作起来。这是坐在后排左侧位置的女生，一双清澈明亮的大眼睛。尤其她专注听课的样子，有时含着坚忍，有时透着凝重，有时甚至显得圣洁。坚忍，凝重，圣洁。一身校服洗得泛白。俞明喜欣赏这样的女孩子。不是浆果是坚果。

祁秋月的作文很好，有论点有论据有论证，把读书论得很透彻。收官结尾，俞明喜读到这样的句子，惊了。

读书，激励我的志向，流淌我的热泪，澎湃我的心灵，唤醒我的灵魂。

俞明喜缓缓站起，伸手抓起那半盒“艳美人”香烟，目光紧紧盯住这行文字，不由屏住呼吸。

激励我的志向，流淌我的热泪，澎湃我的心灵，唤醒我的灵魂。这是“民先队”核心组织“孔夫子”小组单线联络的暗语。上联下联，此问彼答，对仗工整。这样机密的暗语，此时居然出现在祁秋月作文试卷上，不啻眼前划过一道闪电。

莫非祁秋月也是“民先队”核心组织“孔夫子”小组成员？她有急事用暗号跟我联络？俞明喜下意识捻碎手里香烟。如果真是这样，她就是自己人了……这样想着不禁欣喜起来，他不愿孤单，他希望身边有更多的同志。

院子里传来公寓杂役的低声咳嗽声，凌晨天色里拉出一道道光丝，穿窗而入。俞明喜猛地清醒了，警觉地望着窗外。我凭什么认定祁秋月是自己人呢？又犯了小布尔乔亚的主观主义毛病。

这样批评着自己，愈发不知如何处理这份卷子。窗外天光渐渐明亮，他想起告假逾期未归的吴荣成。

素常遇到难题，他爱请教吴荣成。今天遇到这件棘手难题，分明属于“民先队”组织的高度机密，不可与外人道。吴兄仁厚，却是外人。内外有别的。

俞明喜不停地掐着太阳穴，思谋着。天光大放，屋外响起公寓杂役清扫庭院的声音。俞明喜动手将祁秋月作文卷子锁进抽屉里，好像把自己隐私收藏起来。上午没课。他快步走进内室拉开被褥，躺下了。

这座日式公寓，完全木质结构，壁橱里都能睡人，这两年俞明喜习惯睡“榻榻米”了，只是难以适应矮脚“地榻”，便租了中国式写字台。

心里还是想着祁秋月。她作文里出现联络暗语，这或许是巧合吧？这种事情应当及时向华文书店经理老燕报告，可是不到规定接头的日子。既然无法向上级请示，我只能自己想办法了。

祁秋月……？心里不断念叨着，渐渐有了两全之策。卯末时分，他进入梦乡。梦里，他在淑德女中操场上遇到丁小夏，对方却自称名叫祁秋月，请他把一封信转交俞明喜先生。他惊讶地说我就俞明喜啊。自称祁秋月的丁小夏反问道，你不是吴荣成先生吗？

倏地醒来，俞明喜觉得睡了半个世纪，洗漱完毕喝了两口水，身穿棉袍夹着书包走出房间，特意走进公寓门房看表，才知道此时早午八点三刻。

公寓杂役老佟头慌忙放下手里菜刀，转身躲藏着什么。俞明喜看见案板上一条条生猪肉皮，老佟头正在刮掉上面白花花的油脂。

你要做肉皮冻儿啊？俞明喜从生猪肉皮联想到下酒菜儿。老佟头儿则跟他打听吴荣成的归期。一味想着梦里的古怪错的情节，他夹着书包径直奔向私立淑德女中。

老佟头拎着扫帚走出门房，低头清扫着水门汀说，不是我盼望吴先生回来，是你缝穷的嫂子总跟我打听呢。

第二出

俞明喜坐在教师预备室里，从笔筒里抻出一支蘸水笔，一看是坏的，又挑了一支蘸着墨水，填写淑德女中高一甲班国文考试成绩单。这是个五官端正身材匀称的青年男子，无论站在哪面镜子前面，都会反映出他眉清目清的脸庞，尤其轻微翘起的嘴唇，总是显出有话要说的样子，使人觉得他性格外向毫无城府。正是凭借这样的最初印象，华文书店经理老燕一步步将俞明喜发展为中华民族解放先锋队简称“民先队”的核心组织成员。

一阵轻轻脚步声，翟白丁校长走进教师预备室，颇为欣赏地望着独自埋头工作的俞明喜。青年教师抬头看见校长驾到，起身问好。

俞明喜师范毕业四处求职屡屡碰壁，翟白丁校长招收了他。去年哥哥不幸遇难，翟校长亲自到家里慰问，还捐了五十元法币。他心存感激难以言表，只得发奋教书育才，以报答翟校长知遇之恩。

翟校长小背头发型梳得光亮整洁，身穿赭色蚕丝棉袍，一尘不染的样子。

吴荣成先生还没有返校啊，这次是省亲还是访友？不等俞明喜回答，翟白丁校长走近取暖炉说，倒春寒节气，这里还是要生火的。

翟白丁校长素来爱护师生。俞明喜担心校长责怪校工失职连忙解释说，我跟吴荣成先生同住日式公寓，已然习惯耐寒了。

自从殷汝耕在冀东自治，日本人控制开滦煤炭，以后寒冬更不好过喽。翟白丁校长不无忧愤地说罢，告辞走了。

听了校长爱国忧民的言论，俞明喜有些兴奋。半公开的学运组织“民先队”的重点工作，就是扩大抗日爱国阵线，吸引广大师生投身抗日救亡斗争。像翟白丁校长这样的正义人士，理应属于团结对象。

继续埋头工作，俞明喜依照学生序号，逐一填写国文考试成绩单。全班二十一名女生，只有祁秋月的作文考试成绩空着。他连续喝了几口热茶。这茶杯是吴兄送的黑陶。为人低调的吴荣成喜欢暗色，无论衣着还是用具，大多是黑色的。

有人咚咚敲门，俞明喜随口应了一声。身穿烟色薄呢大衣的丁小夏推门走进来——亭亭玉立一棵小水葱。他想起丁小夏的拾圆法币，又想起她自称面临险境的两条玉腿，年轻的国文代课教师笑了。

俞先生，吴先生什么时候回来啊？略施脂粉的丁小夏好像完全忘记行贿的法币和断腿的危险，目光扫视着摆在办公桌上的高一甲班国文考试成绩单。

令尊在北宁株式会社高就吧？俞明喜为人师表端坐身姿，抬头望着擅自不穿学校制服的女学生。

丁小夏小心翼翼点点头，说家父是财会科科长，然后打听自己作文考试成绩。俞明喜从作业袋子里抻出那拾圆法币，放在书案上。

透着几分小妇人儿气质的丁小夏，瞪大眼睛看了看俞明喜，然后低头搓弄着双手——不知是对俞明喜拒贿感到意外，还是对自己行贿感到羞愧。

望着这个讲穿爱吃的女学生，俞明喜内心颇为感慨。从小父母双亡，哥哥十四岁去比国电灯房做工，后来省吃俭用供我读了师范学校。这个丁小夏一出手就是拾圆钞票，真是富宅不知寒门苦啊。

你把钱拿回去吧。不知什么缘故，他并没有严责丁小夏，只是无奈地叹了一口气。丁小夏听了，好似小鼠伸爪偷食，嗖地将钞票抓回去。

你这次作文考试写得这么糟糕啊！还精神恍惚？俞明喜把国文考试成绩单朝前推了推说，你不好好读书，将来怎么为国效力呢？

丁小夏伸出目光在成绩单上找到自己名字，兴奋地叫了一声“丙上”，然后疑惑地注视着俞明喜。你退了我钞票，怎么还给我成绩啊？宛若侥幸逃生的小动物，依然不相信哑火的猎枪。

以前……以前考试你也送钞票吗？俞明喜终于发问了。

似乎意识到进入安全区了，这只小动物笑而不答，转身跑了。

回来！青年教师轻轻喊了一声，吓得女学生僵住脚步，缓缓转身好像身后蹲着一只老虎。

你……你去叫祁秋月，叫她来一下，快去吧。俞明喜催促着丁小夏。

很快，窗外传来女生们说话，叽叽喳喳声仿佛飞来一群的小喜鹊。突然间，窗外渐渐静寂下来，小喜鹊们飞走了。

等候祁秋月的到来，俞明喜有些心虚。我从小不擅撒谎，一撒谎就脸红。老燕同志说过对敌人撒谎是斗争策略，对敌人撒谎越成功，说明我们越有智慧。可是……即便祁秋月不是同志，她也不是敌人啊。这样想着心里紧张起来，便下意识地大口喝着热茶。

教师预备室的门被轻轻叩响，俞明喜不由起身喊了声请进。双扇门被推开了，女生祁秋月走了进来。

祁秋月留着齐耳短发，身穿浅蓝色学生制服，左襟前佩戴“淑德女子中学”圆形校徽，金光闪闪好似一颗小太阳。她中规中矩站定，说了声俞先生好，便双手低垂，等候着老师问话。

俞明喜心里揣测着，还是无法判断她的真实身份，便按照既定对策说，这次作文考试，你参加了吗？

祁秋月沉稳地点点头，表示参加了。

你参加了考试，我怎么没见你卷子呢？俞明喜按照既定策略，开始跟祁秋月对话。此时，他多么希望祁秋月立即说出那两句联络暗语，自己便不用对同志动用心机了。

然而，祁秋月并没有说出联络暗语，而是平静陈述着。昨天作文考试题目是“论读书”，我写满了两页纸呢。

可是，我没有见到你的卷子，你就没有成绩啊。俞明喜继续说着谎话，暗暗揣度着对方。

没有成绩？这不应该啊。祁秋月微微皱眉，投来平静的目光。

倘若别的女生遇到这种委屈，已然哭了。女生祁秋月的从容与镇定，给青年教师俞明喜带来冲击。她超越年龄的稳重与沉着，左右着俞明喜的思路。

她应当就是掌握联络暗语的“民先队”核心成员吧？内心还是企盼祁秋月是自己人，这个愿望搅乱他的心思，露出几分不安神色。

俞先生，劳您再找找我的卷子好吗？我确实参加了考试，参加考试不应当没有成绩的。

俞明喜回避着祁秋月的大眼睛，违心地点点头。此时，他只能点头应答，没有别的办法。

祁秋月微微鞠躬，转身就走。俞明喜盯着她的背影，头脑嗡地热了。他忍耐不住，半自言半自语地说出联络暗语的“上联”：

读书——激励我的志向，流淌我的热泪……

祁秋月猛然停住脚步，徐徐转过身来，目光倏地投向青年教师俞明喜，流露出足以结冰的灼热。

俞明喜的心弦骤然绷紧，焦虑地期待对方说出那句“下联”：读书——澎湃我的心灵，唤醒我的灵魂。

空气就这样凝固着。俞明喜鼓足勇气抬头看着祁秋月。他的期待落空了，并没有听到对方的“下联”。

俞先生……祁秋月怪异地笑了，脸色惨白。这是我作文里的句子，您分明见了我卷子，怎么不给我成绩呢？

一时头脑发懵的年轻教师不知如何答对，一步迈进难以自圆其说的死胡同。他低头挪动双脚，磕磕绊绊答道，我、我不知道、你作文里有这句话……

祁秋月目光里的灼热骤然熄灭，嘴角惨烈地颤动说，俞先生，传道授业为人师表，您是不能随意撒谎的。

俞明喜意到自己头脑发热造成失误，一时没有办法挽回，只得撒谎到底说，我、我没有见到你的卷子……

蒙受不公待遇的祁秋月彻底失望了，转身跑出教师预备室。

一股重重的挫败感，夹杂着自责心理，包裹了俞明喜的心。他意识到又犯了上级多次批评的主观主义错误，一味将祁秋月想象成自己人，冒险行事脱口说出联络暗语。既然联络暗语对不上，说明她只是普通女学生。

老师跟学生撒谎，一股强烈的羞耻感卡住喉咙，令他呼吸急促面孔发胀。我必须采取补救措施，平息这件事情，还要主动向组织检讨这次“左倾”冒险行为。

好啊，我明天通知祁秋月作文试卷找到了，成绩甲中，这样就弥补了。心里有了主意，紧张情绪有所缓解。俞明喜走出教师预备室，来到传达室拿取信件。

之后走出淑德女中，俞明喜看到马路对面摆着卖烤山芋的车子。他一路步行奔向电车道，撩起棉袍跨上红牌电车，打了八分钱车票。

黄昏时分，私立淑德女中放了学。翟白丁校长依照惯例，站在学校大门外微笑着送学生们回家。女学生们背着书包鱼贯而出，出了校门分为东西两支路队，渐渐走远了。

一个乡下打扮的男子远远走来，风尘仆仆的样子。他的黑色粗布棉袄肩头露了棉絮，蓬头垢面地奔向淑德女中。

这时候，卖烤山芋的汉子横过马路，从怀里抽出手枪朝翟白丁校长连发三响。一辆自行车疾驶而来，一眨眼间驭着枪手向东边逃窜了。

一身乡下打扮的男子听到枪声，飞快奔跑过来，大声喊着抓凶手，紧紧追赶那辆载着凶手的自行车。飞驰的自行车向南拐入一条小街。这男子追到街口，被迎面飞来的木棍击中腿骨，重重摔在街头“缝穷”女人的马扎旁边。这女人吓得扔掉手里针线，惊恐地叫一声吴先生。

被“缝穷”女人称作吴先生的男子不顾疼痛，起身奔回淑德女中，看到翟白丁校长横身倒在大门口血泊里，宛若一道血肉筑成的门槛。

被称作吴先生的男子扑上前来跪在地上，棉裤立即沾满鲜血。他双手抓住死者肩膀失声叫道，翟校长，您醒醒，我是吴荣成！我来晚了……

身穿黑色粗布棉袄棉裤的吴荣成两眼血红，扭脸对围观人们说，马上叫车啊，送翟校长去医院！

“缝穷”女人徐凤珍气喘吁吁赶来，看见躺在血泊里的翟白丁就哭了。老天爷，这是哪个挨千刀的害了翟校长啊！

一群女学生跑了回来，看到敬爱的翟校长惨遭杀害，她们尖声哭喊着，活像一群既不会进攻也不能自卫的绵羊。

第三出

下了电车，天光转暗。俞明喜横过马路往南走，找到择仁里那幢结结实实的石头楼，果然挂着北宁株式会社的牌匾。填了会客单，门卫打电话禀报淑德女中俞明喜先生拜访丁恩正科长，便允许进入了。

既然给吴荣成代课，自己就要尽教师责任。俞明喜此行目的一是了解丁小夏精神恍惚连夜失眠的原因，二是敦促丁父认真履行家长职责，勿用武力对待女儿双腿，这社会不需要瘸女孩儿。

丁小夏的父亲丁恩正，任职北宁株式会社财会科长。俞明喜上了三楼，对方已然迎在楼梯口。他有一双温暖的圆眼睛，中等身材而且谢顶，额头圆润泛着安详的光泽。俞明喜主动自我介绍，主人操着江浙口音蓝青官话连称久仰久仰，好像早闻大名似的。

财会科长引着青年教师来到会客室。室内陈设阔气，牛皮沙发，玻璃茶几，一尊落地式座钟，卫士似地立在那里，自负地摇动着钟摆。

落座寒暄几句。俞明喜问贵公司是日本企业吧。丁恩正连连表示商业无国界，日本制药工业还是很发达的。

这让俞明喜想起吴荣成的高效杀虫剂“绝灭”。不待开口交谈，便有蓝衣绿裤的练习生端茶进来，小声请丁科长接电话。丁恩正说了声抱歉，起身去了。

看来丁科长商务繁忙。俞明喜端起茶杯，慢慢品着。渐渐饮光一杯茶水，主人款款归来。这时俞明喜发现丁恩正走路八字步，不由想起京戏里须生，比如群英会的鲁肃，还有乌盆计的刘彦昌。

俞先生也喜欢京戏吧？丁恩正笑眯眯问道，把俞明喜问愣了。我这想着须生，他就问我京戏，一眼看到我心里去了？这人真是高眼。

俞先生从淑德女中来，这一路还太平吧？丁恩正和蔼地打量着来访者。

就是电车上小绺太多，去年腊月掏走我一个月薪水……俞明喜轻轻咳了一声转入正题，谈到国文考试丁小夏作文不切题，询问是否因为身体不适造成学习成绩下滑。

听到女儿学习成绩不佳，丁恩正并不着急，微笑解释自己酷爱梅派青衣经常在家里吊嗓子。女儿受了父亲熏陶，这阵子迷上《白蛇传》，半夜都哼唱白娘子，板是板，眼是眼。

看来丁小夏真是思念许仙了。俞明喜发现丁恩正除了京戏，有物我两忘的趋势，只得直言了。丁科长，您家境宽裕，不可过于溺爱子女，应当在花钱方面约束丁小夏，不要放任自流的。

丁恩正连连点头，极力认同青年教师说，家贫出孝子，逆境造人才，俞先生年轻明理，也是我的良师。子不教，父之过。我要反省以往疏忽，不能让小夏沾染一身富家小姐的毛病。

不知为什么，俞明喜觉得丁恩正犹如一块光亮的石板，你只能在它表面滑行而无法深入其中。继续交谈也是内容空泛而已。既然如此，俞明喜不想说出丁小夏以金贿考的行为，尽管他觉得丁科长不大可能打断女儿双腿。

我记得小夏的国文教师姓吴，怎么俞先生您……？丁恩正好像突然想起什么，拍了拍光亮的脑门问道。

吴先生告假未归，我给他代课呢。俞明喜解释说，所以我对丁小夏的情况不太了解，今天特意拜访，希望引起家长重视。

丁恩正向青年教师连声致谢。俞明喜表示教书育人，理应尽职尽责。

蓝衣绿裤的练习生再次敲门而入，谦恭地说约见的客人到了。俞明喜知趣地起身告辞，说了声讨扰。

北宁株式会社财会科长跟私立淑德女中青年教师握手道别，笑着问他唱什么角色。俞明喜不知对方何意。丁恩正便补充问他票什么戏。俞明喜好奇地反问您怎么知道我喜欢京戏呢。

丁恩正并不正面回答，亲切地拍了拍俞明喜肩膀摆出长辈风范说，我邀请你参加我们兰心票房，咱俩票一出霸王别姬。

霸王别姬？俞明喜愈发纳闷说，您怎么知道我学俞派啊。

因为，你就姓俞嘛。丁恩正送俞明喜走到楼梯口。俞明喜发表评论说，项羽是君子，刘邦是小人，君子拿小人是没有办法的，所以在乌江自刎了。

丁恩正目送俞明喜下楼，高高在上说，君子归君子，妇人之仁害死人啊。

同情项羽反感刘邦的俞明喜走出这幢石头楼，信步来到电车道。天色大黑。两个乞丐迎面走来，各自怀里抱着几块烤山芋，一边走一边对话，大意是不花钱的烤山芋，不拿白不拿。

俞明喜在华文书店地下室里跟老燕同志读过《共产党宣言》，知道天下大同才是共产主义社会，各尽所能，各取所需，而且取消货币。此时听到两个乞丐大谈不花钱的烤山芋，顿时觉得怪异。“九·一八”事变日本占领东北，六年来不断增兵关内，逐步推行华北自治，妄图彻底灭亡中国。如此兵荒马乱的年头，哪里有白吃白拿的道理呢。

一辆电车停站。一个学生模样的小伙子哗地撒出一大片传单，人们纷纷伸手去抓。俞明喜故意不去捡。这是地下组织工作纪律，不可以在公众场合随便暴露真实身份。

身边不少人捡着传单，俞明喜看到传单上印着“信仰三民主义！”“拥护蒋委员长！”便知晓那个撒传单学生的来历：不是被CC份子的蒙蔽，就是受复兴社特务的教唆，宣传“一个党、一个主义、一个领袖、一个敌人”的口号，以达到反共目的。

一眨眼，又有人挥手撒出写着“打倒日本帝国主义！”“民族团结，共同抗日”字样的传单。俞明喜看出这传单来自抗日爱国组织“民先队”，还是不伸手去接。就这样把自己混在普通百姓堆儿里，不声不响登上电车。

下了电车，放开脚步赶回善邻里公寓。黑灯影里老佟头无声打着太极拳，动作轻柔舒缓，很像放映着无声电影。俞明喜躲着这场无声电影，瞅见房间里亮着灯光。他踏上门廊脱了鞋，拉开门，一步迈上“榻榻米”，随即惊叫一声。

你回来啦？吴兄！俞明喜看到吴荣成侧卧“榻榻米”上，一身短打扮，完全没了昔日文人装束。嫂子徐凤珍跪在吴荣成近前，护士似地给他小腿敷抹黑色药膏。

嫂子您……俞明喜没想到她在这里，更加疑惑地问道，吴兄你怎么受伤啦？

吴荣成的粗布棉裤褪到左腿膝盖部位，裸露的小腿一片青紫。嫂子徐凤珍连忙答道，吴先生一路追赶杀人凶手，被那辆自行车投来的木棍砸伤啦。

杀人凶手？俞明喜一头雾水，望着突然归来却意外受伤的吴荣成。

还是徐凤珍抢先答道，你不知道哇？翟校长被人暗杀啦！尸体在仁爱医院太平间，白事铺魏掌柜捐了一口柏木棺材……

什么！俞明喜不相信这个噩耗，迈步扑到吴荣成近前，瞪大眼睛盯着他。

吴荣成缓缓点头，斩钉截铁的语气，翟校长的血是不会白流的。

翟校长对我有知遇之恩啊！俞明喜转身冲出房间，撒腿跑出善邻里公寓。一路上气愤地思索着，胆敢光天化日之下杀害翟校长，这是什么人干的？

一路灯光昏暗。仁爱医院后院亮着一盏大灯，小太阳似的。前来吊唁的各界人士排着长队。大多陌生面孔。身穿蓝色校服的淑德女中学生，分列两侧守灵，觉民中学一群民先队员现场维护秩序。俞明喜快步走向灵前，只觉得双膝发软不由跪下了。翟白丁校长的恩德，一桩桩浮现脑海，思来想去悲痛难忍，落泪失声。他想撩开蒙尸布看看翟校长，几个学生上前劝阻，搀扶他到角落里去了。

放眼吊唁现场，他坚信公道自在人心，翟校长的血不会白流的。这样想着坚强起来，他急忙赶往淑德女中，不知那里情况如何。

路灯照耀着淑德女中大门。他听到渐行渐远的抗日救亡歌曲：“上起刺刀来，弟兄们散开，这是我们的国土，我们不挂免战牌……”

当值校工迎出传达室告诉俞明喜说，前来淑德女中大操场集会的各校学生队伍刚刚散去。学生领袖当场宣布，礼拜六举行全市学生大游行，早午八点钟北路队伍抬着翟校长棺材从大经路造币局出发，南路队伍抬着花圈遗像从南开中学出发，南北两路冲破关卡，中午在金刚桥汇合！

这样的全市学生大游行，学联有权决定吗？起码要通过“民先队”核心领导的。俞明喜心存疑虑，急切盼望着组织接头的日子。

学校大操场空空荡荡。一轮明月洒下幽静的光，悄悄镀亮哑言的春夜。

丁小夏满脸焦虑跑来，问看到吴荣成没有。俞明喜摇摇头，不想跟她多说话。丁小夏满含忧虑说，听说吴先生回到学校就受了伤，这可怎么办啊！

说着，丁小夏跑开了。望着远去的女学生，俞明喜突发猜想：莫非丁小夏爱上吴荣成啦？瞧她火烧眉毛的劲头，就跟寻找心上人似的。当今师生恋不受待见，这类事情仍有发生，有的还结了婚……

俞明喜站在淑德女中大门口，低头还能看到残留的血迹。

这正是翟白丁校长捐躯的地方啊。一个正直的知识分子就这样被杀害了，而且凶手逍遥法外不知去向。这时候，一个梳着簪式发型的中年妇女走来，询问高一甲班教室在几楼。

我女儿留下纸条就走了，我不识字，只能来学校找她……中年妇女语气焦急。

俞明喜听到“高一甲班”，急问道她女儿叫什么名字。

祁，秋，月。中年妇女说出这个名字，从怀里掏出一张纸条。

祁秋月……？俞明喜慌忙接过纸条凑向传达室灯光，看到是首白话诗：

如果，如果有人被迫撒谎，那是出于无奈吧，就像我们告诉孩子，你永远不会死亡一样。如果，如果有人以撒谎为乐趣，那么我的悲哀，将远远大于死亡！

你女儿真的是祁秋月？俞明喜当即把这首诗跟自己联系起来。

中年妇女点点头说，我想见翟校长，求他派学生们找找秋月，这丫头犟着呢！去年跟她姐闹别扭，跑到同学家躲了两天……

你见不到我们翟校长啦，他没啦……传达室校工凑近说，天冷你快回家吧，女孩子爱使小性儿，兴许这会儿在家吃饭呢！

翟校长没啦？祁母惊愕不已。翟校长可是好人！去年免了我女儿学费……

俞明喜愣在原地不动。祁秋月蒙受作文考试不白之冤，离家出走了。她的白话诗充满孤愤，对有人以撒谎为乐表示极大悲哀。

我不是存心撒谎取乐啊！俞明喜心里有愧，快步追上祁母说，您不要着急，祁秋月不会走远，即使今夜不归，明天肯定回家的。

祁母对他这种超常关切感到意外，转而问道，翟校长到底怎么死的？

俞明喜简单吐出“暗杀”两个字。祁母吓得瞪大眼睛说，这世道好人本来不多，坏人还把好人杀啦？造孽呀！

善良的祁母走远了。俞明喜认为女孩子受了委屈往往躲到没人地方哭泣，应当四处找找。这样寻思着朝海河方向走去，希望能够遇到祁秋月，护送她回家。

海河落了潮。黑夜里望着东去流水，俞明喜想起海河浮尸案。前年初夏，海河里先后浮出三百多具男性尸体，其中便有哥哥俞明祥。据说都是被日军抓去修筑秘密工事的“华工”，完工统统杀害了。俞明喜是在太古码头寻到哥哥尸体，从此嫂子成了寡妇。

想起哥哥的死，俞明喜捡一块石头发泄地投向对岸，那边是日租界。黑暗里看不清河里溅起水花，他的投掷成了无用之功。这座城市有九国租界，他最痛仇杀人如麻的小日本儿。

第四出

翟白丁校长入了殓，停放灵柩三天，继续接受社会各界人士吊唁。吃过晚饭他跟吴兄打了招呼，说是去灵堂。腿伤未愈的吴荣成叫住他，从兜里掏出几只核桃说，翟校长平时最爱吃核桃，这是河北涞源特产，你替我供在灵前吧。

吴兄素常跟翟校长接触极少，可谓秀才交情纸半张。此时献上这份慈悲，几只核桃胜过千里送鹅毛的情谊。

俞明喜走出公寓院子，老佟头及时关了大门。瞅见胡同口蹲着个黑影儿，俞明喜顿时提高警觉。黑影儿低声说出那两句暗语，之后催促他往东走。俞明喜听到暗语毫不犹豫，快步奔东走了。

四周漆黑。传来老燕熟悉的低语。俞明喜心头腾地热了，便跟随亲人似的往远处走去。

绕过一个水坑，俞明喜觉得磨了脚掌，猫脚去摸知道左脚布鞋开了绽。又过了一座小桥，右脚布鞋底帮分家了。我早应该买双新鞋，一忙就忘了。怪不得女生们偷偷取外号叫我“穷俞”。

老燕身材高挑并不壮实，却显得很有力量，走路飞快让人想起水浒里日行千里的戴宗。俞明喜趿拉两只布鞋跟随着，来到一家偏僻小工厂，钻进存放铁板的大屋。大屋角落里垒出一间小屋，好像儿子偎在母亲怀里。小屋门缝儿透出微弱灯光。

小屋里走出一个人，不待看清面目匆匆去了。老燕引着俞明喜走进小屋，桌旁坐着陌生中年男子。油灯芯儿不可预测地闪动着，弄得俞明喜不知所措，扭头看着老燕。

小俞同志，今天是你加入中国共产党的日子，今后你就是无产阶级先进分子啦！陌生中年男子起身说道。

太好啦！俞明喜不禁拍手笑着说，前几天我还梦见入党呢，今天成了真！

严肃！脸孔消瘦的老燕表情威严说，我和老艾做你入党介绍人，现在履行仪式，你举手宣誓吧。

哦，原来陌生中年男子叫老艾。这个敦敦实实的汉子高高举起油灯，一下照亮临时挂在墙上的党旗。看到金色的镰刀斧头，俞明喜湿了眼窝。是啊，镰刀和斧头都是利器，我们就要用它把日本鬼子赶出中国，争取中华民族自由解放。

老燕带领俞明喜面对党旗宣誓。青年教师激动难耐，不停地抽泣着，念完了自己的誓言。

放下手里油灯，老艾从墙上摘下党旗，快速卷起藏进角落铁皮柜子里。这时老燕惊异地叫了一声。老艾以为有情况，随手抄起藏在桌下的手枪。

你两只鞋都飞花了，脚板磨破了吧？老燕心疼地叫起来。

俞明喜解释说忘了买鞋。老艾提醒道，我们搞地下工作四处奔跑特别费鞋，你别拿自己当哪吒啊。

说着老艾跟他握了握手，匆匆走了。小屋里只剩下老燕和俞明喜两个人。油灯碗该添油了，灯芯儿渐弱。俞明喜急于报告情况，却被老燕打断了。

今晚淑德女中大操场集会，汇文中学的温铁生过于偏激，究真中学的李锟也不冷静，还有觉民中学的周宗强，当场形成全市学生抬棺大游行的决议，这是无组织无纪律的表现！他们都是民先队核心组织成员，却不请示上级组织就擅自决定。老燕略显激动地说，华北局领导多次批评“左倾”盲动主义错误，强调党组织的任务是巩固加强自身力量，以宣传手段激发广大群众抗日情绪，不要过早跟国民党当局决战。尤其我们这座城市，游行绝对不能冲击日租界……

敢情您当时在场啊！为什么不阻止他们呢？礼拜六上午就抬棺大游行啦！俞明喜焦急地望着领导。

时间紧迫，群情激愤，势在必行，礼拜六大游行难以取消，我们要通过各校民先队骨干把任务传达下去，只要放弃南北两路会师金刚桥的计划，就不会跟守桥设卡的国民党民警发生冲突。至于日本军警和汉奸爪牙，他们的大本营在日租界，眼下还不敢明目张胆进华界抓捕学生。

老燕缓了一口气说，近来不少学生加入民先队，我们不能因此冲昏头脑，重蹈北平学联盲动主义的覆辙啊。

油灯渐渐熄灭了。黑暗吞没了人的轮廓。俞明喜听见自己心跳，反而觉得世界大得无边无际，令人勇敢起来。

黑暗里，老燕不无忧虑地说，根据我们摸到的情况，有个老牌日本浪人潜伏在华界，多年为日本官方义务递送常规情报，包括民先队员名单和联络图，咱们不得不防啊。

老牌日本浪人？这人起码六七十岁了还走得动吗？俞明喜不解地问道。

你要相信人的精神力量，我们组织里有对夫妻，为给组织筹措活动经费，把亲生孩子都卖啦！后来妻子去世了。老燕平静的讲述，不啻惊雷轰然炸耳，震撼着俞明喜年轻的心。

老燕，有那对夫妻做榜样，今后遇到什么困难我都不怕的！俞明喜表达着内心感受，浑身轻微颤抖着。

黑暗里很安静。老燕刷地划亮洋火点燃纸烟，短暂的光亮勾勒出他消瘦的面部轮廓。俞明喜鼓足勇气说，我有一件事情向组织汇报……

老燕狠狠吸一口烟说，是啊，你认为什么人杀害了翟白丁先生？

我……俞明喜思索着说，翟校长要是民主爱国人士，很可能是日本特务或汉奸狗子开的枪，翟校长要是我们自己同志，很可能是国民党特务动的手。

我们地下组织单线联系，我也不知道翟校长真实身份。黑暗里老燕吸着纸烟，一明一灭说，我们的敌人是日本帝国主义，对国民党反动派也要提高警惕。

俞明喜看到黑暗里烟火熄灭了，再次表示有一件事情向组织汇报。老燕径自开辟话题说，我们有同志打入敌人内部，争取尽快查找出幕后黑手……

终于按捺不住，俞明喜打断老燕同志急匆匆说，我犯了主观主义错误！我犯了“左倾”冒险主义错误！

你先不要给自己扣大帽子，仔细讲给我听！黑暗里老燕语气严峻。

俞明喜从头到尾讲述了作文考试引发的事情，之后低头等待老燕的批评。

祁秋月？老燕接连吸了几口烟，伸出手指敲击额头说，我脑子里没这个名字，她应当只是普通女学生。她作文里出现联络暗语，我认为属于巧合。你冒险使用暗语接头，这是非常错误的行为，你必须深刻检讨！

俞明喜连连点头表示深刻检讨。老燕突然问他穿七寸几的布鞋。不及回答，黑暗里老燕说你试试这双鞋吧。他接在手里穿在脚上，尺寸略感紧凑。

俞明喜猛地明白了，伸手摸到老燕双脚——他果然只穿着袜子。心头灼热难忍，烧得他眼泪滚烫。老燕把鞋脱给我穿，他要赤脚走回华文书店的。

天不早了，你回去吧。老燕用力推开俞明喜说，共产党员服从命令，我要你马上穿鞋离开这里！

俞明喜只得从命，快步走出小工厂。穿着革命同志的鞋，匆匆赶回自己的住处。夜色里踏过小桥他抹去泪水心里说，这就是革命同志，老燕比亲哥哥还要亲！

叩响公寓大门。杂役老佟头儿睡眼惺忪卸下门闩说，这兵荒马乱的年头，以后不要回来太晚啊。

他领了老佟头儿的好意，走上门廊脱了鞋，低头看见这是双黑色礼服呢面牛皮底便鞋，挺体面的。伸手拉门走进房间。吴荣成身披破棉袄端坐“榻榻米”上。

吴兄……您还没休息啊？俞明喜蹲下身来，打量着吴荣成的伤腿。

古铜色脸庞的吴荣成目光炯炯却不乏温和，向俞明喜挥挥手说，你夜半不归，我等你回来呢。

吴荣成有一双超乎常人的大手，小蒲扇似的。他讲课时大手捏着粉笔写板书，远看好似手里捏着绣花针。这已然成了淑德女中的独特景观。

望着从教师的棉袍改穿苦力的短衣的吴荣成，俞明喜觉出几分陌生。对方似乎看穿了他的心思，微笑解释说在涞源县遭遇土匪被剥得精光，跑到县城找慈善堂求得破棉袄破棉裤。一路乞讨赶回学校，可巧遇见凶手当街开枪暗杀翟校长，就放胆追了上去。

徐凤珍从厨房小步走出，手里端着一大碗热汤，家庭主妇似的。

嫂子，您……？意外看到嫂子夜半时分在公寓下厨，俞明喜愣住了。

吴先生伤了腿骨，我煮了猪骨头汤，郎中说这样好得快。徐凤珍向小叔子解释着，把一碗骨头汤摆在矮榻上。

毕竟嫂子伺候着另外一个男人，俞明喜有些尴尬。徐凤珍顾不得尴尬，小声催促吴荣成趁热把骨头汤喝了。

徐凤珍询问小瓮里是不是盛着卤水。吴荣成摇了摇头。

返回厨房，徐凤珍端出一盆热水递给小叔子，说泡泡脚睡觉解乏。这时吴荣成把骨头汤递给俞明喜，显然不好意思独享。他狠狠大碗喝了一口，强烈感到嫂子对吴荣成的情意。是啊，年轻女人谁愿意守寡呢，何况遇到人品周正的吴荣成。

嫂子徐凤珍无事可做了，站也不是，坐也不是，终于透出几分尴尬。俞明喜低头不说话，借机观察吴荣成怎样收拾局面。

吴荣成对徐凤珍说，明天你还要上街缝穷，辛苦了。这么晚了我送你回家吧。

徐凤珍急忙摆手谢绝，说你伤了腿不要动弹，我胆儿大不怕走夜路呢。

我送您回家吧嫂子。俞明喜起身说。他确实想让徐凤珍赶紧离开这里。

嫂子看了看小叔子，表情踟蹰。吴荣成当即制止道，我让老佟头儿送你回去吧。说着，他从棉袄里掏出两角面额的法币，低声召唤着老佟。

两角钱成功地雇用了老佟，吴荣成低声叮嘱几句。老佟聋哑人似的呜呜点头，拄着老藤手杖陪着徐凤珍走了。

吴荣成问他饿不饿。俞明喜这才想起没吃晚饭。但是他不能承认空着肚子，因为晚饭时分他在小工厂里宣誓入党呢。

咱们睡吧。吴荣成说着走进里间屋拉开被褥，脱衣躺下了。俞明喜洗脸漱口脱了衣裳，随手关了灯。

翟校长被人杀了，当局必须缉拿到凶手啊。俞明喜钻进被窝儿说。

吴荣成呜了一声，说礼拜六全市抬棺大游行，翟校长死得其所。俞明喜又说，你给土匪剥得精光，一路行乞怎么不给我写封信呢？我去河北接你啊。

不等吴兄回应，俞明喜接触关键话题说，这次国文课考试，我把祁秋月作文卷子忘在抽屉里，已然给她补了成绩……

竟然响起轻微的鼾声，吴荣成好像穿了冰鞋，快速滑入梦乡了。

吴兄多日风餐露宿，疲乏透啦。俞明喜起身拉过自己的棉袍嗅了嗅——这是老燕抽烟熏染的味道，烟味儿强烈极了。

听见大门响了，一定老佟头儿送罢嫂子回来了，于是放了心，打着哈欠。

肚子饿，睡不着。黑暗里，思忖着。这几天经历的事情太多了，一时难以梳理清楚。听着吴荣成细细的鼾声，俞明喜终于睡过去了。

第五出

正午时分，不断有消息在淑德女中饭堂里传播着。女生们神色凝重，偷偷议论着。一是南开中学学生领袖楚子才出事了，说是唤他去学校传达室接电话，再没见回来。二是汇文中学民先队员温铁生上街被几个便衣男子揪进小汽车，飞快地开走了。三是究真中学学运骨干李锟外出张贴标语，下落不明。这三个学生领袖的失踪，引发不安的涟漪，越荡越大。校园盛满了惊悚的湖水。

俞明喜坐在教师预备室里吃午饭，碗里六个猪肉包子。这两天委屈了自己胃口，必须补养一下。他拿出高一甲班国文考试成绩单，在祁秋月作文栏目里填上“甲中”二字，走过去递给吴荣成说，我完成代课任务，现在完璧归赵啦！

吴荣成接过成绩单看了看，说谢谢你给我代课啊辛苦了。俞明喜说你腿伤没好就来讲课，更辛苦呢。

这时候，传达室校工敲门进来，走到吴荣成书案前毕恭毕敬说，这封信是早午送到的。吴荣成接过来信顺手递给校工一棵烟卷，道了辛苦。

校工高兴地把烟卷夹在耳朵上，转向俞明喜说，俞先生！刚才益世报来电话催您改稿儿，说要快呢。

俞明喜向校工道声谢，做出漫不经心的样子，心里却缩紧了。说是益世报催改稿子，其实是组织接头的通知。

校工知道俞明喜不会把猪肉包子赏给他吃，依然满脸堆笑地走了。

吴荣成一边嚼着烧饼一边批改学生作业说，明喜文思如泉涌，你又写了小品文啊。

我崇拜益世报主笔罗隆基先生，爱看他写的社论，就给这家报纸投了稿，信笔涂鸦呗。俞明喜解释着，故意贬低自己。

吃了四个猪肉包子，省下两个他舍不得吃，悄悄掏出手绢要把包子带给老燕。那位貌似风光的华文书店经理，其实经常饿肚子的。革命工作就是辛苦。想起老燕说的那对革命夫妇为组织筹集经费把亲生孩子都卖了，俞明喜便激动不已。我跟老燕是革命同志，同志比亲兄弟还要亲。

天气比前几天暖了。俞明喜穿起烟色薄棉袍跟吴兄打了招呼，说去益世报拿稿子。吴荣成抬手把那封信递来，说你看看吧奇文共欣赏。

俞明喜接过信封看到右角写着“内详”二字，抽出信瓤看到几行蚕豆大小的墨字：“就你敢追击那辆自行车是吧？想当英雄很容易，我们送你去找翟白丁校长，他手捧勋章等着你呢。”

他们这是恐吓！年轻气盛的俞明喜啪地拍着桌子说，吴兄，那么多人围观只有你追赶凶手，你就是英雄！写信的人才是懦夫呢。

心里有事，俞明喜走出教师预备室，出了淑德女中大门，又遇到祁母。他快步迎上说，我找到祁秋月作文卷子给她补了成绩，她回家了吧？

她的作文卷子？祁母显然不懂他的话，悲苦地摇摇头说，这都好几天了，秋月怎么还不回来啊。

俞明喜再度内疚起来。您不是说过，去年跟姐姐生气她就躲到同学家了吗？女孩子就这样儿，兴许今天就回来啦。

您还没吃饭吧？他把手绢里两个包子塞给祁母，转身匆匆走了，恨不得一步迈进华文书店。

进了老城厢二道街，走过小说家刘云若的宅门，前边座南朝北的铺面就是华文书店。门外挂着“新到蜀山剑侠传”广告牌子，这是情况正常的信号。华文书店主要出售武侠艳情类小说，也卖大众实用读物比如尺牍和皇历，为了安全从来不售进步书籍，包括鲁迅的书。

俞明喜进门跟伙计对了眼神儿，径直来到后院，猫腰钻进了地下室。

地下室点着一盏油灯。俞明喜有了情感记忆，见了油灯便想起入党宣誓的情景。老燕和老艾隔桌而坐，表情严肃。

看来情况确实紧急。烟缸里堆满各式各样的烟蒂，俞明喜猜测此前来过一个个同志，抽了烟接受了任务，一个个匆匆离去了。

老燕举起烟袋足足吸了一口，喷出浓烈的烟雾。从烟卷变成烟袋，说明老燕又穷了。粗壮的老艾不吸烟，下意识地躲避着烟雾。

老燕皱着眉头说，时间紧迫，老艾你给小俞讲讲吧。

小俞，确实有几个学生领袖失踪了！老艾下意识地捋起袖子，好像要跟敌人搏斗。不知为什么，俞明喜认为老艾同志是个码头工人。

老艾轻轻拍着桌面说，楚子才读书的南开中学距离“三不管”不远，温铁生读书的汇文中学邻近日租界，他俩失踪肯定是日本便衣队干的。我们在中统的内线报告说……

情况是这样的……老燕认为老艾说话出了格，当即揽过话题说，究真中学的李锟被捕也是汉奸狗子干的。敌人此时出手，就是要削弱全市学运骨干力量，打击广大民众的抗日信念。敌人如此猖狂，反而更加坚定我们的决心！

老燕继续补充道，我们的内线摸到情况，这次为日本特高科提供学生领袖名单的，仍然是那个老牌日本浪人！此人在天津生活多年，既不联系“红帽衙门”日本宪兵队，也不联系“白帽衙门”日租界警察署，就连日本华北派遣军特务机关长都不知道他是谁。这家伙多年义务提供情况，从不露面，从不留名，从不领取经费，被日本谍报机关称为“大和义士”，据说日本宪兵队菊池大佐每次收到他的情报，都要冲着那封密信脱帽鞠躬，表示深深敬佩。

这家伙肯定善于伪装，变得比中国人还像中国人！俞明喜气愤极了。

（这次就要谈到灰色人物，基于三个学运骨干失踪，让俞不参加游行，俞主动提出丁邀请去兰心票房，可以接触各色人等，了解更多情况。老燕同意，但要注意安全，千万不要偷鸡不成蚀把米）

我们必须加强情报工作。老燕收起烟袋低头思索说，曹家公馆附近的兰心票房，各色人等鱼龙混杂，肯定是获取情报的好地方。你不是喜欢京戏吗？就以票友身份混进兰心票房！无论摸到哪方面的情况，对我们来说都是有用的。

我见过丁小夏的父亲丁恩正，他是兰心票房的主人。俞明喜点头接受任务，略显恳求地问道，礼拜六全市学生大游行……？

老燕果断下达命令说，大游行你就不要参加了，为了打入兰心票房，你尽力褪掉进步色彩，减少公开场合露面。

杀害翟校长的凶手究竟是……？俞明喜起身准备离去，忍不住问道。

老艾毫不犹豫地说，枪手是个外号叫瘦狗的汉奸，当天就逃往北平了。

从书店后门溜出，俞明喜快步走上东马路。一家家店铺的玻璃窗好似一面面镜子。他从镜子里没有发现跟踪者，放心向北走去。经过内联升鞋店，他猛然想起应当把那双布鞋还给老燕同志，便暗暗责怪自己。我是地下党员了，无论公事私事都不可粗心大意。

走近金刚桥。这里正是全市学生大游行南北两路汇合的地方。上级领导反复强调游行队伍不要冲击关卡，不要跟守桥国民党军警发生正面冲突，避免学运骨干们被捕入狱。

心里走神儿，无意间走了弯路，意外来到大悲禅院门前。

猛然想起离家未归的祁秋月，总觉得自己与这个女生之间有了无形纽带，内心怀有一种不愿推卸甚至故意加载的责任。他在这座津沽名刹山门外徘徊着，进退两难。共产党人是无神论者，国际歌唱道“从来就没有救世主，也不靠神仙皇帝”。可是，不由自主走进寺院。先叩拜护法韦驮，之后逢佛便拜，最后跪在大雄宝殿石阶前，默默祈祷祁秋月平安无事。

拜了佛发了愿，心情轻松几分。怪不得中国老百姓逢凶遇难就来烧香拜佛呢，敢情消除心病。

一路行走来到义和粮栈，他掏出八毛钱买了十斤棒子面，手里却没有盛粮食的家伙什。粮栈老掌柜为人豪爽，据说当年闹过义和团，因此给店铺取名义和粮栈。他拿出写着“义和”二字的小口袋盛了棒子面，递给俞明喜说下次买粮捎回来就是了。

一甲一保地打听着，终于找到锦衣卫桥迤西的这座大杂院。祁家住一间南房，屋里搭了阁楼，屋顶就显得矮了。房间四白落地，拾掇得干干净净，清贫气氛中透着坚忍的力量，支撑着这个家庭的日常生活。

祁母对他的到来感到惊讶，他则对祁秋月仍然未归感到惶恐。递上写着“义和”二字的小口袋，祁母倔强地摆手不收，抹着眼泪说，又让您操心了，秋月这孩子怎么还不回来呢？

这时阁楼上传出响动。祁母说大闺女在恒源纱厂做工，下了夜班睡觉呢。

说话间，已经穿戴整齐的祁家姐姐沿着竖梯下来，冲俞明喜点点头，趋身搬来凳子请他落座。果然一奶同胞姊妹，祁家姐姐无论眉眼还是身材，都跟祁秋月相像，只是个头儿略矮。

我叫祁春芬。是不是我妹妹有了消息？祁春芬望着不期而至的青年教师，目光里含有无望的期待。

他摇了摇头，告诉对方自己名叫俞明喜，今后还会来探望的。祁春芬听了这话，颇为不解地眨着大眼睛。

祁母哭出声说，秋月从小好强，她要是有个山高水低的，我可怎么办啊。

祁春芬似乎比妹妹更好强，表示自己在恒源纱厂做挡车工，月薪能够养家糊口，请俞先生不要惦记。

我是老师，祁秋月是学生，她负气出走我是有责任的。俞明喜含蓄地表达着内心歉意。

记得秋月的级任教师姓吴，您怎么……？看到俞明喜出面承担责任，祁春芬愈发不解了。

我替吴先生代过国文课，也教过高一甲班小代数。俞明喜转而问道，恒源纱厂是李纯开办的吧？就是捐建南开大学秀山堂的下野军阀。

一刹那间，祁春芬眼角闪过几缕快意，似柳絮般飘散了。俞先生，你怎么知道我们工厂的来龙去脉啊？

看来祁春芬喜欢工厂。俞明喜目光追逐着她那几缕飘散的快意说，因为我是教书的嘛，所以……他蓦然意识到对方是大姑娘，自己不该多言多语，便住了嘴。

祁母擦干眼泪插言道，谢谢俞先生善心，这辈子有大闺女养老，我认命啦。

娘！秋月就爱使小性儿斗小气儿，过两天就回来！您别尽往窄里想。祁春芬劝慰着母亲，从怀里掏出一张纸条儿递给俞明喜说，我参加女工识字班，这两个字儿念什么？我忘啦……

俞明喜接过纸条儿看到“枷锁”二字。识字班为什么教这两个字呢？他寻思着说，你看，前边这个字念“jiā”，后边那个字念“suǒ”。

担心祁春芬不懂，他具体解释说，你看过京戏玉堂春吗？苏三起解脖上戴的就是枷锁。

噢！祁春芬脸上露出求知的笑容。俞明喜心里咯噔一下，他从这笑容里看到了失踪的祁秋月。

祁春芬接续说，我们识字班老师是南方人，她要我们挣脱套在头上的精神枷锁，自立自强！就教我们认这两个字。

祁母及时起身送客说，俞先生是大忙人，我们就不耽误您了。一旦秋月有信儿，劳您赶紧告诉我！

祁春芬送俞明喜走出大杂院，大声说俞先生回见。俞明喜便去了义和粮栈还了小布袋。

下午学校没课，他要去嫂子家取胡琴。上级派我去兰心票房摸情报，这是对我新的考验。以前哥哥在世喜欢胡琴，哥儿俩在家里唱戏，从来没进过什么票房。哥哥拉弦给弟弟伴奏，珠联璧合。要是哥哥活着多好啊。如今没了哥哥，只剩下胡琴了。

走过嫂子经常出摊缝穷的地方。另一个中年妇女正给拉板车的苦力补袜子。她抬头认出俞明喜是徐凤珍的小叔子，立即精神抖擞说，我看你嫂子心里有人啦，这些天总走神儿呢，给人家裤子缝补丁，大针扎了自己手指头！

这中年妇女说罢哈哈大笑，仿佛听了小蘑菇的相声。拉板车的苦力趁机找乐儿说，守不住就走呗，天下哪有死心的寡妇。

俞明喜受过新式教育，并不赞成封建礼教思想，听了这种风凉话还是觉得别扭。是啊，嫂子确实对吴荣成有了感情，否则也不会又敷药又煮汤的，完全不顾旁人风言风语。

心情不熨帖，还是来嫂子徐凤珍家。这里地名叫堤头。嫂子住在一所小院里，只有三四户人家。走进院门便听见咣咣案板响，嫂子在剁肉馅儿。徐凤珍看见小叔子进门，下意识停住手里菜刀，笑容里含着窘意说，我一会儿就包饺子，晚晌给你送到公寓去。

他知道嫂子是给吴荣成送饺子，自己沾光而已，便故意发坏说，晚晌有事儿在外边啃两个火烧就成，您就甭往公寓跑了。徐凤珍听罢愣了愣，说了声你没口福啊，继续挥刀剁肉馅儿了。

东墙上挂着哥哥的二胡，西墙上挂着哥哥遗像。寡嫂就守着亡兄遗物过日子啊。他意识到自己的狭隘。嫂子守寡是她的自由，嫂子再嫁也是她的自由，何况她相中的是好男人吴荣成，我身为弟弟应该高兴才当，怎么心里还别扭呢？

反省着，他对嫂子改口说，我最爱吃您包的饺子，晚饭我赶回公寓吃吧。

徐凤珍听了小叔子这句话，开心地笑了说，我连吴先生的也送去，西葫羊肉馅儿，你们哥俩儿都吃。

俞明喜伸手从墙上摘下那把二胡。徐凤珍找出蓝布缝制的琴衣，小心翼翼装好二胡，不言不语递给小叔子。俞明喜接过胡琴说，嫂子只要你过得好，我哥在天之灵也会高兴的。

徐凤珍当然明白小叔子的意思，咬着嘴唇点点头，扭身去包饺子了。

一时战胜狭隘心理，俞明喜兴奋了。他索性脱去蓝色琴衣，拉过凳子落座，把二胡架在大腿上。他没有哥哥琴艺高超，摸索着拉奏京戏曲牌“夜深沉”，就是“霸王别姬”虞姬舞剑的曲子。

嫂子一边包着饺子一边小声评价道，这段儿太暗了，就跟要停电似的。

俞明喜觉得嫂子说得有理，就改拉“得胜令”。这段京戏曲牌，把嫂子家拉得亮亮堂堂的。

嫂子担心小叔子拉弦不走在这儿把晚饭吃了，她就没有理由去公寓送饺子了。于是她频频催促小叔子赶紧回公寓去。

俞明喜明白徐凤珍的心思，她一定要让吴荣成把羊肉西葫馅饺子吃到嘴里。女人心啊，细似针。小叔子及时收弦起立，拍了拍屁股走了。

半路上听见叫卖“大公报”，报童吆喝“日本人指派汉奸枪杀爱国校长，翟白丁先生血染校门冤魂不散!”俞明喜掏出零钱买了报纸心里道，老艾说暗杀翟校长的是汉奸瘦狗，这跟大公报说法吻合了。翟校长会不会也是中共党员呢？地下组织单线联系，即使自己同志也相逢不相识的。

俞明喜猛地一激灵，当即告诫自己不要过度想象，再犯主观主义的错误。

一路回到公寓，杂役老佟又站在黑影儿练太极拳。想起那天他追到学校给自己送鞋，心里感动了，便主动打招呼。老佟并不应声，好像变成拳谱里的人了。

吴荣成端坐“榻榻米”，换去短打扮，恢复长装束，重新成为货真价实的国文教师。俞明喜随手将大公报递上，问候吴兄的腿伤。

翟校长入殓了……吴荣成接过报纸说，益世报和庸报也都发了消息，说是汉奸枪手杀了翟校长。

既然真相大白，北平军警应当全力抓捕瘦狗，绳之以法！俞明喜气愤得脱口而出。

你说什么……瘦狗？吴荣成不解地看着俞明喜，显然他不知道这是汉奸凶手的外号。

俞明喜意识到自己失言——瘦狗这外号是老艾告诉自己的。他连忙弥补说，对，走狗！汉奸们都是走狗！

这时候嫂子救了场——她在门外叫着“开门”。俞明喜跑去拽开日式拉门，看见徐凤珍双手捧摆满白面饺子的圆形秫秸盖板，好像送来一堆银元宝。

嫂子走进厨房煮熟了银元宝，一盘先递给小叔子，一盘再捧给吴先生，还预备了宝坻紫皮大蒜和独流老醋。

我们班的祁秋月走失好几天了……吴荣成盯着热气腾腾的饺子，轻轻叹了一口气说，这是个很有前途的女学生啊，太可惜了。

俞明喜顿时没了食欲。他不能坦白祁秋月离家出走的悲剧是自己酿成的。一时憋得不知如何排遣。心里急躁难当，他起身出门把自己这盘饺子送给公寓杂役老佟，说你吃吧我不饿。

徐凤珍被小叔子突发行为惊呆了，求援似地看着吴荣成小声问道，我做错了什么吗？

俞明喜难掩沮丧情绪，回屋把空盘子递给嫂子转而对吴荣成说，吴兄慢用啊，翟校长是我大恩人，今夜我去给他守灵。

说罢，他披起衣裳拉门走出房间。身后传来吴兄和蔼沉稳地叮嘱。俞弟，即便遇到不遂心的事儿，也不要难为自己，今儿出门不要忘了穿鞋啊。

俞明喜低头看到脚上穿着自己的这双布鞋。老燕同志的那双布鞋则摆在门廊台阶上——好像两只等待泊岸的小船儿。

第六出

天气大热。这座城市依然笼罩在兵荒马乱的气氛里。俞明喜身穿灰色薄布大褂，赶往新的接头地点——三条石秦记铁铺。一路上汗流浃背，他似乎还能嗅到血腥气息。这是日寇暴行的后遗症。

俞明喜在秦记铁铺小仓库里见到老燕。这个性格刚毅的汉子悲愤地说，究真中学民先队员李锟给前线将士运送慰问品，中弹牺牲了！省立女子师范学院遭到轰炸，学运骨干景秀兰负了重伤。

什么！俞明喜听罢，渐渐矮身蹲在地上，双手抱头。一连多日积累的委屈终于迸发，抽泣不止。

自从七月七号北平卢沟桥事变，日军随即大肆攻打天津，向市政府、警察局、火车站、飞机场、造币厂轮番炮击，还出动飞机轰炸南开大学，企图彻底消灭爱国师生。就连大经路择仁里也被夷为废墟。

日军进攻。宋哲元的二十九军爱国官兵拼死反击，一度沿着大和街和福岛街攻入日租界，吓得日本侨民组成“义勇队”，以求自保。然而宋哲元接到上峰撤退命令，国民军只得弃守天津向南去了。

十几万难民无家可归。海河里浮起一具具中国人尸体，几乎拥塞了河道。除去英法租界，天津城郊沦为占领军地盘。日本“红帽衙门”的宪兵摩托队跨过金刚桥驶入大经路。繁华商埠沦为人间地狱，中国人彻底成了亡国奴。原北洋政府总理高凌霨充当汉奸组建天津维护会，亲自担任会长。

枪炮声停歇了。地处老城厢的华文书店突然遭到日本特高科搜查。幸亏老燕外出，书店小伙计被当作抗日份子抓走，当天就打死了。这个使用多年的地下联络点为何暴露了，一贯作风严谨的老燕绞尽脑汁也找不出哪里出了破绽。

俞明喜蹲在地上哭得像个大男孩儿。老燕下意识地抄起一把铁锤说，坚强！组织上有更重要的任务交给你。

他意识到自己失态，起身擦干眼泪说，没有比当亡国奴更悲惨的，你有任务就交给我吧。

平津两城失守，华北大部沦陷，中共北方局下达“荫蔽精干，长期埋伏，积蓄力量，以待时机”的敌占区工作方针，平津两市党员和民先队骨干，主动撤到周边乡村去，拿起武器建立游击区。河北省委已经迁到太原去了！

挥了挥手里铁锤，老燕继续说道，今后，留城的同志全部转入地下秘密工作，我代号鼓楼，老艾代号炮台，你代号铃铛阁！

鼓楼，炮台，铃铛阁。俞明喜牢牢记在心里，使劲儿朝老燕点头。

铃铛阁！老燕叫着俞明喜代号说，平津铁路恢复通车了，这几天北平地下党员和民先队骨干陆续到达天津，经过法国桥进入英租界，在太古码头乘轮船从海路撤向南方。为了完成这次转移革命骨干的任务，我们必须做好充分准备，甚至不惜牺牲个人生命！

俞明喜压低声音问道，这次转移革命骨干起码好几百人吧？

他们分期分批到津，总共一百三十多人。老燕极其慎重地说，不过，你的任务比较简单，负责转移北平知名爱国人士，总共八个人。后天正午十二点029次客车进站，你提前在月台等候。北平交通员右手拿着黑色折扇，扇面写着“静心”两个金字儿，左手拎着两盒点心，一定是北平稻香村的包装纸，红线绳儿捆扎着。

记住接头暗号！你的任务是引导他们走出火车站，通过法国桥直奔太古码头，如果赶不上船班，当场安排住宿，英租界泰来饭店有人接应。老燕掏出两张钞票递给俞明喜说，这贰拾块钱是组织活动经费，日本鬼子来了法币毛了，不够你自己添吧。好在从火车站到轮船码头不太远，你雇几辆胶皮就行！

从火车站到轮船码头是不太远，可是日本宪兵横眉立目，万一露馅儿就糟了。俞明喜深知责任重大，心里犯了愁。

我的任务是傍晚五点钟那趟车，北平各界救国会成员，一拨三十多人呢。我提前租了英租界工部局大卡车，到时候车上插着英国米字国旗，躲过日本人的耳目！老燕激动地拍着俞明喜肩头道，这是铁定的任务，你回去准备吧。

我不能肩膀上插满英国旗吧？我再扎上靠，那就成了洋鬼子挑滑车，还不把京戏票友们气晕了。俞明喜诙谐地说着，其实是给自己鼓劲儿。他确实没有单独执行过任务。

我总忘了还你那双布鞋，真不好意思。他跟老燕握手告别。老燕乐观地说，等到赶走日本鬼子那天，你送我一双皮鞋吧！

俞明喜走出小仓库，老燕又叫住了他。嗯……自打全市学生大游行以后，很多学生对你冷淡了，是吧？

俞明喜既惊诧又委屈地说，是啊！就连老师们都不爱搭理我了……

老燕站在小仓库暗影里说，你没有参加这次抬棺大游行，我们四处散布你胆小怕事退缩了，故意把你弄成灰色人物，这是组织对你的保护啊！

噢！敢情这样啊……站在小仓库门外阳光里，俞明喜仿佛看见智谋高深的诸葛亮，挺崇拜的。

走出三条石秦记铁铺。大街上一派萧条。只有桅灯厂还在发货。日本占领军强令全市街巷晚间亮灯，以便于捉拿抗日分子。维持会大小汉奸们挨家挨户催办。桅灯成了俏货。

俞明喜有时性情急躁，但是做事认真。既然接受任务，便有了心思。北平同志们后天就到，我得先去老龙头火车站探路踩道。

老龙头火车站，地处意租界与俄租界间隙里，好像上下齿间露出的吞尖儿。苏俄时代俄租界已然归还中国。意大利跟日本则是盟友，日本人在意租界行动，就跟二弟去大哥家吃顿饭似的。

俞明喜来到老龙头火车站，观察地形。出站口对面是行李房。行李房东侧有一条石子小道。他沿着小道走向深处，来到空旷清静的小场院，这是邮局后院。从后院进入邮局，穿堂而过从正门走出。

站在邮局正门台阶上，他看见老艾走进大街对面理发馆。地下工作者在公开场合相遇，彼此都是陌生人。看来同志们都参加了这次转移行动。

一声尖锐的哨子响，两个黑衣警察追拿一个乡下打扮的小伙子，从邮局门前跑过去。小伙子冲进候车室。俞明喜不由连连摇头。你跑进候车室等于小鸟进了笼子，往西跑是栅栏门，往东跑是下九股，哪里都有铁路警察把守。

这次转移北平同志的行动，难度不小。俞明喜把地形路线记在脑子里，心思更重了。他徒步赶往兰心票房了。

一路上，老燕的叮嘱响在耳畔：你已然打进兰心票房，就要立稳脚跟。丁恩正社会背景复杂，你首先要保证不暴露自己，然后摸清他的脉络。那里肯定有我们需要的情报。

是啊，今后我就单兵作战了。俞明喜在大街上买了两个素馅包子。师道尊严。翟白丁校长生前多次叮嘱青年教师们。于是俞明喜躲到老刀牌烟卷广告牌子后面，三口五口吃下两个包子，掏出手绢擦了嘴，沿着边道朝前走去。

几个淑德女中的学生迎面走来，其中就有丁小夏。她们远远看见俞明喜，立即横过马路走到对面去了，分明是在躲避他这尊瘟神。俞明喜内心释然。我已经是胆小怕事的灰色人物了，爱国学生们瞧不起我，理所应当。

今天礼拜六。俞明喜奔向兰心票房。“七·七”事变以前兰心票房里八面来风，“七·七”事变以后兰心票房里来风八面，一切照旧。英法租界的洋行职员，德意租界的报馆记者，比国电灯电车公司的技师，俄国领事馆的厨子……各色人等，你来我往，莫谈国事，进门唱戏，皆为票友。好像从来没发生战争，堪称世外桃源。其实，这里既不世外，也没有桃。

大街上，一个姑娘从济世堂大药房出来，扭摆着腰肢走在前面。她的布衫被汗水溻透了，看着特别辛苦。俞明喜觉得这湿漉漉背影有些眼熟，快步赶上去。

果然是祁春芬。她面容憔悴衣裳破旧，几乎没了初次见面留下的刚强印象，满脸窘迫无助的表情。大街上意外相逢，她立即振作起来，却显得措手不及。打从“七·七”事变日军攻占天津，俞明喜没顾得去祁家探望，但知道祁秋月依然未归。

家里出了事？俞明喜看见祁春芬手里攥着药方子，关切地问道。

祁春芬低头无语。俞明喜急得大声追问。祁春芬猛然抬头说，这不关你的事儿！说罢转身跑了。

俞明喜快步追赶上去。祁春芬穿过小马路终于被俞明喜堵在街角。过午的阳光照耀着这两个年轻人。

你手里拿着药方子，是不是你病了？俞明喜忘记自己是外人，问道。

祁春芬双肩颤抖着哭泣起来。这时候俞明喜清醒了，东瞅西瞧望着行人们，一时不知所措。

一个拾破烂的老太婆热心为俞明喜出主意说，大太阳底下，有话跟你媳妇回家说去！

祁春芬听了双手捂脸，羞得不哭了。俞明喜不由倒退两步，也涨红了脸。

我妈瘫了……祁春芬急于摆脱窘境，主动说了话。日本人打天津，大炮震塌邻居房子，我妈又惊又吓，半身不遂了。这两个月我辞了工，在家伺候我妈……

那就赶紧看病吃药啊！心急如焚的俞明喜的薄布大褂溻透了，搓着双手。

祁春芬似乎被俞明喜的真情实意打动了，飞快地看了他一眼，又低下头去。

你是没钱抓药吧？俞明喜一下明白了。毫不犹豫掏出手绢，从组织活动经费里抻出拾圆法币递给她说，你马上抓药去，别误了治病！

祁春芬好像照片里的人，静止着。俞明喜急声催促把钞票硬塞到她手里，转身跑开了。

我挪用组织活动经费拾圆钱，一定尽快补上它。胃里装着两只素馅包子，俞明喜撩起灰色薄布大褂抬腿迈过门槛，走进兰心票房小院。

藤萝架下，光影斑驳。藤椅里坐着福大命大造化大的丁恩正。日本飞机轰炸择仁里，这位梅派青衣正在地下室寻找那瓶法国葡萄酒，侥幸躲过一劫。那幢石头楼被炸去一层，死了几个同事。如今战事过去了，日本人全面统治天津城。传说梅兰芳沪上蓄须明志。丁恩正却照旧票戏，而且越唱越像梅了。

丁恩正手持紫砂壶，嫩白面孔绽开笑容说，俞先生今天你晚了，是鄙人拿钥匙开的大门。

丁恩正是外场人，他拿俞明喜当“里子”使，却称呼他俞先生，不在嘴上失礼。俞明喜近前说，南方人很少喝香片的，您怎么改了章程？

我早是北方人了。江浙口音的丁恩正说着表情忧伤问道，你知道日本飞机轰炸南开大学，最后统计炸死多少学生吗？

俞明喜摇了摇头说不知道，光知道南开校长张伯苓和南开五虎篮球队。

丁恩正改变话题说，曹家老太太八十大寿，可巧赶上礼拜天，人家不请名角儿唱堂会，特意邀请诸位票友献艺，戏码都是福禄寿喜的折子，老太太还点了梆子腔，指名道姓让我反串一段“喜荣归”的崔秀英！

丁恩正提前进入坤角状态，翘起兰花指眉飞色舞道，曹家依照贵宾规矩备了两辆奥斯汀小轿车，专程接送。他们知道咱们票房藏龙卧虎嘛。俞先生你是龙是虎啊？

我不是龙也不是虎，是人。俞明喜随即答道，其实我是属小龙的，民国三年闰二月生的。

好！小龙也是龙哟。丁恩正笑眯眯盯着俞明喜，好像嘴里品味着青果。

俞明喜主动报告说，我在大街上遇见令爱，这兵荒马乱年头，您不要让她到处乱跑啊。

我知道小女患了单相思，喜欢那位国文教师吴先生。女孩子嘛都要经历青春期，随她去吧随她去吧，过了这段光景自然就淡了。丁正恩散淡地说。

俞明喜暗暗惊讶。丁小夏思恋吴荣成不是新闻，丁恩正对女儿放任自流则是令人意外了。

过两天我请吴荣成先生吃饭，劳你替我转呈请帖好吗？聚贤酒家二楼雅间。丁恩正悠然喝着香茶，活脱脱卧龙岗散淡的人。

身为人父不应干涉女儿感情生活，鄙人只想结识吴先生，交个朋结友嘛。丁恩正说罢吩咐道，俞先生，劳你准备明天戏箱，都在东厢房里呢。

俞明喜遵命来到东厢房。兰心票房的戏衣有挂着的，有叠着的，有裹在包袱里的，仿佛当铺的仓库。他按照福禄寿喜的戏码，一件件核对着行头。不知为什么突然想起吴荣成，他苦笑了。寡妇徐凤珍对您依恋，女生丁小夏对您思恋，你们一男二女要唱花为媒啊。

从屋角找出一只大包袱，里面裹着十几件黄铜色斜襟大袄，抻出一件试试，衣长过腰。这是哪出戏里的行头？就跟来了一群喽啰似的。

拿高登？不是。连环套？也不是。安天会？更不是。俞明喜到底也没想出这是哪出戏，只得死了心。

第七出

曹家公馆的堂会下午就开唱了，票友们粉墨登场，有戴髯口须生唱了段“甘露寺”，有画了粉脸的丑儿念了段“连生店”，还有“天女散花”和“钓金龟”，一折折好戏，各显神通，给寿星老儿增添喜庆。

京戏票友丁恩正登场，反串梆子腔“喜荣归”，一张口“突听得老崔平一声请，在上房来了我崔秀英”，把老寿星乐得颠儿颠儿的。这一乐大发了，被丫鬟搀回内宅安歇。傍晚时分，主家备了酒席酬谢票友们。俞明喜声称家里有事，卸了装洗了脸，径直返回善邻里公寓。

明天正午火车站转移北平知名爱国人士，我要做好充分准备。赶回公寓脱鞋迈进房间，随手掏出请柬递给吴荣成说丁小夏父亲宴请。吴荣成含笑说做了好几年级任教师，头一次遇到请客吃饭的家长。

吴兄，人家可是北宁株式会社财会科长哇。日本人把择仁里炸了，不知丁恩正搬到哪儿奥飞斯去了。

聚贤酒家呗。吴荣成随口说出请柬上地点。他的幽默逗得俞明喜哈哈大笑，忙着去厨房找吃的。吴荣成手捧《大公报》说，这几天日本人强化治安，交通要道设关立卡，连小偷都不敢去火车站了……

火车站……？俞明喜听到这三个字，故作镇定地问道，小偷们歇工啊？

法国桥北头儿归法国巡捕管辖，大多都是安南兵。可是法国桥南头儿有日本宪兵巡逻，谁愿意自投罗网啊？吴荣成起身跟进厨房说，今天晚饭有了，你嫂子说送小虾米打卤面来。

小虾米打卤面？俞明喜知道自己又沾了吴荣成的光。打从日本人占领天津卫，便大肆使用“军票”抢购各类物资，弄得物价疯长。其实“军票”跟日元没有汇率关系，日军等于拿废纸当钞票用。这时候老百姓吃上小虾米打卤面，可谓口福了。

俞明喜懂得妇女解放的道理，也认为寡嫂有再婚的权力，听到吴荣成说徐凤珍一会儿送饭来，心里还是疙疙瘩瘩的。心思一窄，他不想吃这顿小虾米打卤面。

我怎么给忘啦！俞明喜故意拍着大腿说，丁先生让我归置曹府堂会的行头，那戏箱我要整理大半宿啊。

说着，他从厨房拿了两个玉米饼子，做出急不可待姿态说，吴兄，这月房租你替我垫上，下月发薪还你。我去兰心票房啦！

迈出房间，站在门廊里穿好布鞋，公寓杂役老佟一旁低声说，放着热面条不吃啃冷饼子，年轻人当心胃口啊。

这老头儿对自己特别关心，不论什么事都看在眼里记在心上。俞明喜说了声谢谢，快步走出善邻里。

嘴里嚼着玉米饼子想起生病的祁母。直奔向锦衣卫桥去了。大经路上，日本宪兵队的摩托车嘟嘟嘟开过来，老百姓们吓得躲到边道上不敢抬头。俞明喜感到形势吃紧，暗暗加了小心。

天黑了。俞明喜身穿灰布大褂走进祁家居住的大杂院。这里地势俗称“三级跳坑”，大街地面比胡同高，胡同地面比院子高，一下雨就往屋里灌水。大多住户为扛河坝的粗人，俞明喜的文化人装束引发小声议论。

祁母半瘫在炕上，行动不便。祁春芬立即点亮油灯。俞明喜看到邻家亮着电灯。油灯比电灯省钱。祁母言语不清，句句经过祁春芬翻译。

我妈说你是好人，拿钱给她抓药，特别感激你。祁春芬停顿了一下说，我妈告诉你我被工厂裁了，天天在家缝麻袋赚钱。

俞明喜伏身握住祁母的手说，您安心养病不要发愁，咱们总会有办法的。

祁母嘴里呜噜着，俞明喜听到“秋月”两个字，听出祁母惦念女儿下落。其实他没有停止打听祁秋月的下落，总是揪着一颗心。

我听说好多学生跑到南边去了，您放心吧。俞明喜安慰着祁母说，四川那边还是国民政府的天下呢。

祁春芬送俞明喜走出大杂院，俩人在胡同口站住，不知说什么好。俞明喜问祁春芬吃晚饭没有，不等回答就把一个玉米饼子塞过去说，我还会来看望你母亲的。

祁春芬疑惑问道，俞先生，你为嘛这样帮助我们呢？

因为……因为我想帮助你们，因为帮助你们是我的责任。俞明喜如实表达着心情，语气急迫。

我、我还是觉得你平白无故……祁春芬说不下去，扭头跑回胡同里。俞明喜看见她站在大杂院门外黑灯影儿，好像在抹眼泪。

祁春芬哪里知道，我对她妹妹离家不归负有不可推卸的责任啊。俞明喜快步走了。祁春芬又追到胡同口，身影融溶在黑暗里。

俞明喜摸黑来到兰心票房，掏出钥匙打开小院铁门，一步迈进京戏的世界。

径直进了东厢房，摸着拉绳儿扯亮电灯，一屁股坐在大包袱上，一时失忆，想不起为何跑到这儿来。噢，我不想吃嫂子的小虾米打卤面，就撒谎说去归置戏箱，中途看望了半身不遂的祁母，还跟祁春芬在胡同里说了几句话，最后来到兰心票房。

是啊，难怪都说人生如戏呢，这几天我都在戏里忙活，都快出不来了。明天正午火车站的任务绝对不能儿戏，不怕一万，就怕万一，那是八条人命啊。

假若遇到日本宪兵盘查，我怎样蒙混过关呢？俞明喜顺势躺在一堆幔布里，思索着。

人生如戏？既然这样我接着演呗。他身子腾地弹起，伸手揽过一件黄铜色斜襟大袄，伸胳膊抖袖子穿在身上，起范儿在屋里走了个圆场。

善哉！俞明喜浑身冒着大孩子气，手舞足蹈翻了个“吊毛”，之后从戏箱里抄起一支拂尘，心里闪过一个念头。

嫂子，今天小弟没吃您的小虾米打卤面，但是，明天我要找您借一样东西！俞明喜模仿京戏老生念白，之后啪地打个“旋风脚”，展示沧州老家的童子功。

过了子时，俞明喜打点停当，身困体乏打着哈欠，去西厢房睡觉了。

第二天上午，俞明喜在街边喝了两碗豆腐脑儿吃了四个烧饼，外加两个茶叶蛋。吃饱了，有力气。挎起大包袱，直奔嫂子家。

离开嫂子前往老龙头火车站。远远就感觉气氛不同以往，心里有些紧张。挎着包袱径直走进邮局。

邮局东墙下仍然坐着那位代写书信的白胡子老头儿。他不慌不忙走过去说，我要给老家寄东西，忘了带钱回家去拿，先把包袱存您这儿吧。

白胡子老头儿伸手摁了摁包袱说，只要不是烟土就行，昨天日本宪兵队逮着两个倒腾白面儿的，拉到海河边毙了。

说了声谢谢走出邮局。一辆黑色小汽车不紧不慢驶过去，甲壳虫似的。他看着这辆车停在小广场上，从车里走出三个人，下车就站成“品”字形，观察着什么。他觉得其中身穿驼色西装的人眼熟，便投去目光仔细辨认着。

是丁恩正！俞明喜慌了，下意识转过身去，躲避着这位梅派票友。

丁恩正来火车站干什么？莫非他也是来接人的……暗暗思忖着，俞明喜一时难以判断对方真实目的，便佯装懒散偷眼望着——丁恩正进了候车室。

今儿我要进站接人，躲是躲不过去的。俞明喜稳住心神，随后走进候车室，花一毛钱买了站台票，转身发现丁恩正坐在出站口长椅上。两个身着便服的男子站立两侧，但绝对不是王朝和马汉。

临近正午了。一个铁路职员手持铁皮喇叭大声告知，从北平开来的029次客车晚点十五分钟，请各位稍候。

晚点了。俞明喜感觉时间就像越流越慢的黏稠液体，渐渐凝固不动了。火车晚点，此时也该去站台了。丁恩正好似拦路石，俞明喜不知怎样迈过去。

老艾的身影在候车室门口晃了晃，又消失了。尽管单独行动各自为战，老艾的出现鼓舞了俞明喜，毕竟是自己同志啊。

这时候，有人手持站台票去进站口检票，俞明喜猛然醒悟去站台接人是从进站口检票的，便垂手狠狠掐了掐大腿，抱怨自己关键时刻犯了糊涂。

他掏出站台票走到进站口，检了票，深深呼出一口气，踏上天桥去了三站台。

今天果然不同寻常。三站台已然堆满接站的人群。俞明喜知道北平客人坐九号车厢，便站在三站台西侧，朝着东侧望去。

三站台东西两侧，中间隔着一簇簇人群。俞明喜中等身材，被遮挡了视线，只得踮起脚尖延伸目光。哦，丁恩正也来到三站台，身旁跟着两个随从。

不知为什么，他饿了。早点加了量，正午还是饿了，这是心情紧张造成的吧。他极力镇定情绪，觉得这样就省粮食了。

北平开来的029次客车喷着一团团蒸汽进站了。心儿咚咚疾跳不停地叮嘱着：俞明喜啊俞明喜，这是你首次单独执行重大任务，千万不能出现差错啊。

列车停稳，等待打开车门。俞明喜早挤向九号车厢，人群闪开一道缝隙，他瞥见站台东的丁恩正。

九号车厢迟迟没有开门。丁恩正面对的二号车厢却开了门。两个白衣壮汉夹着一个紫衣男子跨出二号车厢——远远望去仿佛一只大白馍夹着一片酱牛肉。丁恩正和两个随从迎上去，三人簇拥着“牛肉夹白馍”快步朝东边下九股方向去了。

九号车厢终于开门了，乘客们涌下车来。俞明喜紧张地寻找着北平交通员。

右手拿着黑色折扇，扇面写着“静心”金字儿，左手拎着两盒北平稻香村的点心，红线绳儿捆扎着……俞明喜心里念叨着，一眼看见人群里的既定目标，逆着人流迎上前去。

他笑了笑伸手去接那两盒来自北平的稻香村点心，顺势把一个万顺成的麻酱烧饼塞进对方手里。这就完成了接头暗号。北平交通员也朝他笑了笑，小声说走吧。俞明喜看到总共八位北平同志，六男二女都是中年模样。

出了火车站，俞明喜环视四周没有发现异常情况，大步走在前面。一行人穿过小广场，从行李房东侧小道进去，来到邮局后院外头。

他小声对北平同志们说声稍候，径直从后院进入邮局。代写书信的白胡子老头儿依然坐在条案前，身旁放着那只包袱。拎起包袱道了声辛苦，俞明喜疾步穿过邮局后院，回到北平同志们面前，蹲身打开包袱皮儿，飞快地把八件黄铜色斜襟大袄依次递给他们。包袱底儿露出一幅镶着照片的镜框，还有一条半尺多宽三尺多长的白布带子。

你们赶紧穿在身上！法国桥这边儿有日本宪兵巡逻……俞明喜说着，伸手将蓝布大褂下摆提到腰间，用那条白布带子扎紧，当即就从长衫变成短打扮。

北平交通员不解地问道，你让我们穿这种大袄，这是要出家啊？

对！在家戴发修行叫居士，你们就是我从北平请来的居士，现在去海河边超度我哥哥亡灵，走吧！俞明喜说着，把镶着亡兄遗像的镜框抱在胸前，这是上午从嫂子家取来的。就这样，俞明喜穿堂过厅走出邮局，带领着八个假冒居士向法国桥走去。

白胡子老头儿起身走到邮局柜台交了二角钱，不慌不忙去拨打挂在墙上的公用电话。邮局里没人听到他低沉的语音：喂，铃铛阁带着八件礼物去看你啦，这会儿还没过法国桥呢。

一行人来到法国桥头，几个日本宪兵跳下摩托车，伸手拦住腰扎白色孝布怀抱亡兄遗像的俞明喜，凶巴巴说了几句日语，显然是在查问。

低头看见哥哥照片，逢场作戏的俞明喜不禁悲从中来，动情落泪了。北平交通员居然会讲几句日本话，磕磕绊绊告诉日本宪兵，说有人死在海河里，居士们去捞尸地点超度亡灵，以求西方接引。

日本宪兵来自佛教国家，似乎懂得“居士”的含义。他们对六个男居士逐一搜身，之后反复打量两个女居士，终于放行了。

走过法国桥，一行人来到法租界桥段，俞明喜将早已备好的五元法币塞给身穿短衣短裤制服的安南巡捕，就沿着河坝奔向太古码头了。

来到太古轮船码头，八位北平同志顿时放下久悬不安的心，纷纷露出笑脸。俞明喜收回八件黄铜色大袄说，候船室有人递给你们船票，两点半开船去上海！

北平交通员轻松地说，谢谢你护送我们！那两盒点心就送给你啦。

目送北平同志们进了候船室，顺利完成任务的俞明喜痛快极了，心底喊出一声嘎调：叫——小——番！之后一股脑把东西裹进包袱里，起身开拔。

一群乘客提着行李奔向码头登轮，说是开往烟台的船班。俞明喜无意间发现公寓杂役拎着提包走在人群后面，惊了。咦！你这是去哪儿啊老佟？

老佟听见喊叫，停住脚步眨着眼睛说，山东老家来信，有事儿叫我回去。

那你还回来吗？俞明喜平时并未留意老佟，此时发现他确实老了，脸色晦暗，花白头发，脊背微驼，步履缓慢，早到了告老还乡年纪。

老佟注视着俞明喜，说兴许回来兴许不回来。俞明喜想起老头儿素常对自己的关心，有些伤感。你不要出来做事了，归家养老吧。

开往烟台的船班拉响汽笛，催促老佟登轮。老佟朝着青年教师挥了挥手，说以后出门不要忘了穿鞋啊。俞明喜再度被老头儿感动了，一时无语。

送走老佟，俞明喜左手拎着裹着镜框和白布带子的包袱儿，右手提着点心盒子，赶往嫂子家。上午跟嫂子借用哥哥遗照，撒谎说大悲禅院做道场，给哥哥超生祈福。自从成为地下工作者，他不断地历练，撒谎撒得比较自如了。

嫂子不曾生养，街头缝穷糊口，挺不容易的。走进小院来到嫂子家。徐凤珍正在拆洗一件灰布棉袍。俞明喜觉得这件棉袍眼熟，应当是吴荣成的。嫂子放下手里活计给小叔子斟了碗水。他咕咚咕咚喝了，打开包袱皮儿拿出镶着哥哥遗像的镜框，重新挂在西墙上，然后深深鞠了一躬，之后指着两盒点心说，嫂子你留着吃吧，京八件儿。

徐凤珍轻轻推辞着，说这么好的点心你拿回去跟吴先生吃吧。俞明喜确实饿了，还是劝解嫂子不要省吃省喝委屈自己，光照顾别人了。

看见包袱皮儿里的白布带子，徐凤珍疑惑地问大悲禅院做道场还戴孝啊。俞明喜连忙撒谎说，这是票友们唱“小上坟”用的，你留下缝穷用吧。徐凤珍接过白布抻了抻说，这是上等“十斤白”，结实着呢。

离开嫂子家，俞明喜走出胡同上了大街，感觉身后有人跟踪。他加快脚步，听到背后有人低声叫他“铃铛阁”。

回头看见老艾从大树下闪出，他笑了。老艾当头批评道，完成转移任务你就跑到嫂子家，是亲人感情第一还是革命工作第一？

俞明喜颇为不解地反问道，哎！你不会连自己同志都监视吧？

我的工作就是给自己同志望风！老艾狠狠说道，走！跟我去秦记铁铺。

过老北开摆渡，一人一分钱。上岸穿了几条小胡同，很快到了三条石普乐大街。进了秦记铁铺，小仓库门口站着老燕。

小俞你跟纱厂女工谈恋爱了吧？老燕表情和蔼。俞明喜连连摆手否认。

你一撒谎就脸红。老燕引着他走进小仓库。老艾又望风去了。

真想不到你让北平同志演了这出戏，今天顺利完成了任务，我祝贺你！

敢情上级这么快就知道啦？俞明喜感到意外，不好意思地笑了。

老燕随即转了脸色，颇为郑重地说，我们查明情况，华文书店突然遭到日本人搜查，线索是你穿了我那双布鞋……

什么？你那双布鞋还摆在我公寓门廊上呢。俞明喜好像在听一个故事，瞪大眼睛等待老燕继续讲述。

老艾带着俩人走进小仓库，拎着手枪指着俞明喜说，没错！就是你暴露了组织联络点，你不承认今天走不脱的！

俞明喜从未见过这种阵式，被吓住了。他觉得自己在一场噩梦里，盼望快快醒来。

老燕踱步说道，我的那双布鞋里垫了鞋垫。书店小伙计生活节俭，这双鞋垫是他用废旧蓝布书套做的，上面印有华文书店广告，有人把这双鞋垫交给日本宪兵队，它就成了敌人顺藤摸瓜的线索。

大街上店铺招牌广告林立，日本人怎么偏偏搜查华文书店呢？俞明喜仿佛面对一道数学难题，颇为不解。

对！就是你把联络点出卖给日本人，所以暴露了，你快招供吧！老艾挥动着手枪，另外两个人同时捋起袖口，做出准备动武的样子。

俞明喜困惑地望着老燕说，我要是叛变了，根本用不着那双鞋垫嘛！我直接报告日本人就是了。

老燕忍不住笑了，抬手指了指老艾说，我不让你上演这出诈戏，你就是不听，现在被人家问住了吧？你回答小俞吧！

老艾确实被问住了，气哼哼翻了翻白眼，蹲在地上不说话了。那两个捋起袖口的同志也蔫了。老燕低声命令道，你们仨出去吧，注意警戒！

俞明喜并不感到委屈，反而觉得好笑。老燕拍着他肩膀说，你回忆一下，前些天谁有机会接触那双布鞋？

谁……？俞明喜思忖着，依次说出三个人：室友吴荣成，公寓杂役老佟，嫂子徐凤珍。

你认为谁的嫌疑最大呢？老燕表情严肃道，这个人背定有背景，否则不会留意一双鞋垫，即使发现华文书店字样也不会报告日本人的。

俞明喜认为老燕分析得对，还是摇摇头说，我觉得这仨人谁都没有嫌疑……

你太善良太正直，今后要学会识别敌我真伪，做一个优秀的地下工作者！老燕略显激地说，我跟你说过有个老牌日本浪人，早年自费来到中国，长期潜伏天津华界，义务为日本官方搜集情况……

我记得，这家伙被日本宪兵队菊池大佐称为大和义士。俞明喜对答如流。

你记忆力很好。看来我让你混入兰心票房还是对的。老燕索性揭开谜底说，今天接到上级调查结果，这个老牌日本浪人就在你身边！他显然知道你参加了爱国学生运动，那天看到你穿着别人布鞋返回公寓，就密切监视了。他在鞋垫上发现华文书店字样，便判断这是有价值的线索，及时把情报转给日本特高科！

你说这个人……？俞明喜核算着老牌日本浪人年岁，突然冲老燕惊叫道，难道是公寓杂役老佟！

老燕深沉地点点头说，上级除奸队决定明天干掉这个老家伙！

过午我在太古码头瞧见他上船走了，说是回烟台老家去！俞明喜急了。

什么！老燕也急了。这家伙真是老狐狸，我们还没动手，他先跑啦。

我平时觉得老头儿挺好的，敢情他是个豺狼！俞明喜有劲儿使不出来，用力挥着拳头。

老燕冷静地叮嘱道，这件事情高度机密，你不能跟任何人讲，包括嫂子徐凤珍和室友吴荣成。我完成转移北平同志任务之后，也要撤离天津的。你的任务是留津潜守，到时候会有人跟你联系的。

听了老燕同志这番话，俞明喜觉得自己成了没娘的孩儿，心里孤单极了。

伸手握别时老燕关切地说，你也该成个家了，有了媳妇就有人照顾你啦。

第八出

私立淑德女中聘请早年留学东瀛的老学究担任新校长。这位资深亲日派上任伊始实行怀柔，给教师们加了薪水。俞明喜月薪四十二元了。然而，加了薪水教师们也不买账，联名致函学校董事会，要求树立翟白丁先生铜像，永志纪念。至于翟校长究竟被哪派势力暗杀，依然云里雾里，没人说得清楚。

日本全面侵占中国。面对华北汉奸政权推行奴化教育，女学生们成熟了许多。她们明显对俞明喜冷淡了，对吴荣成则倍加热情。俞明喜心里明白，自己没有参加那次抬棺大游行，在人格人品方面深遭诟病。反之，那天吴荣成扶柩走在队伍前列，受到好评。女学生丁小夏更是不畏人言，以向吴荣成请教地理课程为名，送来水果和茶叶，公开表示爱慕之情。

吴先生，你地理课讲到鄂西土家族群，肤色体貌与汉人无异，尤其那首“一只凤凰两个头”的土家山歌，特别好听。

你肯定去过那里！山山水水都清楚吧？

吴荣成摇头否认，表示只是课本知识而已。丁小夏不依不饶说，你肯定去过鄂西，你就承认你去过鄂西嘛……

俞明喜担心丁小夏发力撒娇有碍观瞻，便起身踱出教师预备室，把地方让给这位富家小姐。

自从公寓杂役老佟突然消失，俞明喜内心自责不已。整天盼望抗战杀敌，没想到老牌日本浪人潜藏身边多年，却把老家伙当作好人还送饺子吃，我真是有眼无珠。幸亏上级及时查明老佟底细，否则永远蒙在鼓里。

老佟不辞而别，房东只得另聘杂役。吴荣成对老杂役的离去与新杂役的到来，似乎浑然不觉。两耳不闻事，一心只教书。俞明喜几次想问吴荣成知不知道老佟走了，都忍住了。他牢记老燕同志叮嘱，跟外人不提老佟的事情。于是，在他与吴荣成之间，那个老牌日本浪人无形地蒸发了，好像从来不曾存在似的。生活，变得比死更静寂。

今天是丁恩正请客的日子。上次发帖宴请可巧赶上突然戒严，饭局只得取消。事后得知日本宪兵队在小王庄枪毙四十五个铁路工人，全市交通干道禁止通行，连报童们都不敢上街卖报。

一再拖延，拖得天冷了。丁恩正终于再发请帖，请吴俞两位赏光。此间，俞明喜与丁恩正经常在兰心票房相遇，只票京戏，不涉旁事。俞明喜已然悟出，那天丁恩正率领部下突现老龙头火车站，不是迎接北平来的贵宾而是接收北平落网的逃犯。倘若如此，丁恩正不光是北宁株式会社财会科长，必然另有真实身份。

老燕同志撤离天津之前，并没有给俞明喜布置具体任务，只要求避免“左倾”盲动主义，伺机发展爱国学生，等待时局好转，恢复“民先队”活动。从此，这位青年教师开始了漫长而乏味的教书匠生涯。

自从地下党组织撤离天津，便再未跟他取得联系。他记住自己代号“铃铛阁”，也体验到孤儿的处境，心灵陷入深深的孤寂里。他知道，只有为理想而投身的人，才能理解这种孤寂的痛苦。每逢苦闷难以解脱，他便自责沦为平庸之徒无聊之辈。

这次丁恩正重设饭局，地点还是聚贤酒家二楼雅间。过午时分的教师预备室里，吴荣成约俞明喜傍晚结伴共赴聚贤酒家。他说下午有事，商定分头前往。

俞明喜离开淑德女中，去“祥德斋”买了一包小八件儿。物价大涨，买两包点心的钱只能买一包了。这就是大东亚共荣圈。

提着点心溜溜达达前往祁家。他很久没有快步走路了。快步有什么用呢？没有。那就漫步吧。

走进这座大杂院，几个中年妇女看见俞明喜，大声议论说这小伙子又来了，手里提着点心兴许真是上门姑爷吧。

听见这种议论，俞明喜一步僵在祁家门外，窘得成了红脸关公。祁春芬迎将出来，连声邀请红脸关公进屋。

屋里站着一个身材粗壮的小伙子，满脸憨厚地冲他点头致意。祁春芬介绍这是恒源纱厂保全工李栓。俞明喜对李栓说了声您好。李栓局促地说了声您坐吧，便匆匆走了。弄得祁春芬很难为情。

俞明喜望着瘫痪在床的祁母，打开点心包递到前说，人是铁饭是钢，您多吃东西病就好啦。祁母咧嘴笑了，含混不清地说着什么。

还是由祁春芬当场直译，一大堆都是感恩戴德的话。说着说着，不知为什么祁春芬停止了，表情窘迫。

祁母不能容忍女儿终止翻译，哇哇怪叫着。祁春芬依然保持沉默。祁母急了，使劲挪动身子伸出脑袋向墙壁撞去。俞明喜探身抓住老人肩膀，回头问祁春芬这是为什么。祁春芬只得道出实情说，我妈逼着我把她的话说给你听，我没说她就急了，非要撞墙不活了。

你母亲到底要跟我说什么呢？俞明喜不解地追问。祁春芬猛地扭过脸去，低声急语道，我妈怕你以为李栓是上门儿的，其实李栓不是，我妈说要把我许给你……

祁春芬说完，起身跑到院子里去了。祁母听见女儿转述了她的心愿，咿咿呀呀叫着，对这门婚姻表现出极大热忱。

俞明喜望着半身不遂的祁母，决定主动坦白自己帮助祁家的真实原因，以求得解脱。话到嘴边又咽了回去。他没有勇气提起那桩作文考试冤案，没有勇气承认自己造成祁秋月离家出走。俞明喜曾经发誓全力照顾祁家。可是此时祁母要招上门女婿，他懵了。

快步走出这座令他难堪的大杂院，逃兵似的来到海河边，俞明喜心乱如麻。远望西去的大太阳，他感到自己没有亲人。有嫂子，还随时都要改嫁的。改了嫁就是别人的嫂子了。转念想起祁春芬，她的模样跟祁秋月很像，姊妹同心。假如我跟祁春芬结婚，就等于这辈子跟祁秋月的魂灵相伴，这是难以想象的感受。

天色转暗，俞明喜不再胡思乱想，匆匆赶往聚贤酒家。自从张杨发动兵谏，蒋介石被扣西安，时局变幻莫测。好在西安事变妥善解决，促成国共两党和谈的前景，局势日渐明朗。俞明喜没有忘记老燕同志的话，千变万变，蒋介石攘外必先安内的反共政策不会变。

自从经历老佟事件，俞明喜开了窍。他不再是思想单纯的热血青年，为人添了几分定力，处世增了几分眼光。今晚丁恩正请吴荣成吃饭，他知道自己是陪客。丁恩正精神抖擞，吴荣成敦厚淡定，正好上演双龙会。

聚贤酒家离择仁里废墟不远。一群泥瓦匠在盖房子，天晚了也没收工。一个身穿白色制服的侍者迎出聚贤酒家，引着俞明喜进入二楼雅间。一张圆桌三张椅子，中西合璧的陈设。

没人。俞明喜笑了，我跑龙套当然要先上场。丁恩正与吴荣成究竟谁先上场呢？他拿不准猜不着，便从兜里儿掏出一枚五分硬币，轻轻掷到桌面上。蹦蹦跳跳的硬币终于静止了。嗯，硬币说丁恩正先上场。

然而，继而走进雅间的却是吴荣成。他身穿蓝缎薄棉袍。节气未到，这装束过早了，使人以为他是畏寒怕冷的人。或许正是因为这件蓝布棉袍吧，俞明喜觉得来者不是吴荣成，而是吴荣成的同胞兄弟。

俩人落座。侍者近前恭问喝什么茶。这时俞明喜看清侍者足有五十多了，显然过了勤行年纪。聚贤酒家为何不用小伙儿侍者呢？俞明喜略感惊诧。

这时候，主人上场了。丁恩正走进雅间拱手道歉说，鄙人俗务缠身来迟，一定罚酒。说着依次与二位客人握手。

吴先生，咱们以前见过面吧？丁恩正主位落座，笑容可掬问道。

可能见过，也可能没见过。吴荣成询道，每年校董会恭请家长们莅临指导，丁先生赏过光吗？

丁恩正眍着一双充满血丝的圆眼睛，容易被人联想到古董店遗失两颗朝珠。睡眠不足的他连声招呼烫酒，南人不乏北人豪爽。吴荣成打量着酒瓶转目丁恩正说，我素常滴酒不沾，只能以茶代酒略表谢意。

你素常滴酒不沾，今天不同素常啊。丁恩正打开话匣子，一口蓝青官话道，对酒当歌，人生几何，置身乱世，以酒为乐。素常不饮，今天要喝！

俞明喜听了觉得可乐。丁恩正分明是南方人，说起话来好像北方数来宝。

丁恩正继续说，晚宴我安排好了，饮煎茶，用清酒，喝味噌汁，还在日租界樱花料理店订了寿司，一会儿送到。今晚体验东瀛风味！

丁先生喜欢日餐啊？我认为日本清酒没有中国白酒有力道。吴荣成接过主人话题，发表评论。

哈哈！吴先生露了破绽吧。你滴酒不沾怎晓得白酒比清酒有力道？人撒谎要罚酒哟。丁恩正得意地叫道。

从前，我是个酒鬼，无一日不醉。已然十几年滴酒不沾了。吴荣成从容不迫说，倘若今晚丁先生强人所难，吴某只能告退了。

既然如此，今晚我与俞先生对饮，吴先生作壁上观吧。丁恩正召唤侍者给吴荣成端来日式煎茶。

作壁上观。这句成语出自项羽本纪吧？“及楚击秦，诸将皆从壁上观。”吴荣成悠悠念出原文继而解释道，壁是营垒。这句成语是说坐观成败而不肯援手。今晚丁先生以作壁上观形容我，并不恰当啊。

国文教师真是博学强记，随口说出典出何处。俞明喜暗暗佩服吴荣成，主动凑趣道，吴先生并非作壁上观，我与丁先生对饮也并非鸿门宴上。否则，孰刘孰项啊。

在下得罪吴先生啦！丁恩正承认用典不当，自罚一盅清酒说，当今天下大势，请问孰刘孰项？

我记得丁先生是在北宁株式会社任职吧？请问孰华孰日？吴荣成反问。

时下中日交兵，战火不断，我正要请教吴先生对局势的看法呢。丁恩正说着招呼侍者端上日式烤鳗鱼和生切番茄片。

聚贤酒家多年经营鲁菜，今天全然日式。丁恩正这是翻天覆地啊。俞明喜觉得此公不像这里的食客，倒像这里的老板。

年近花甲的侍者静立旁边，注视着客人用餐。吴荣成抄起细脖调味瓶，在生切番茄片上撒了一层细盐，慢慢享用着。俞明喜吃着日式烤鳗鱼，不明白吴兄为何先用番茄开道，而且用盐。

看到俞明喜不解的目光，吴荣成并非卖弄地说，当年哈尔滨的俄国老毛子吃番茄就是用盐调味的。

我听吴先生有东北口音，您赶上日俄战争攻打旅顺口了吧？丁恩正问道。

这时候，从日租界预订的寿司到了。吴荣成放下筷子扭头看着黑色托盘说，这是樱花料理店做的。

丁恩正微笑答道，不是宫岛街那家，是曙街。请吴先生慢慢品尝，我还恭候您的高论呢。

吴荣成打量着多种口味的美食，伸手取了那只顶着鲜亮鱼子的寿司，持在拇指与中指之间，食指微微翘起。老年侍者趋前近身添了日式煎茶。吴荣成下意识闪动肩头，目光投向丁恩正。

既然丁先生关心时局，我就放胆妄言了。吴荣成徐徐将寿司整体送入口中，那手法好像往容器里放置一枚袖珍炸弹。放置完毕缓缓咀嚼，之后闭目静气说，我听到一种言论，称中国为一片桑叶，日本乃一只蚕。蚕食桑叶，自然天道。这是庸人之论。时下中国局势，尚未明朗。九月二十三号蒋介石先生发表“对中国共产党宣言的谈话”，似乎标志着国共合作开始。我看中国时局到了这步田地，应当说是张学良兵谏误国，日本救活共产党啊。

啊？俞明喜颇为意外地注视着吴荣成，觉得他不是国文教师了。

丁恩正呷一口清酒微笑问道，张汉卿将军身为海陆空副总司令，跟蒋委员长又是盟兄弟，他怎能误国呢？

没有张杨策动西安事变，便没有国共合作，没有国共合作，蒋介石先生剿灭陕北朱毛共匪，指日可待。吴荣成解释了“张学良兵谏误国”，转而解释“日本救活共产党”说，没有“七·七”事变日本大举侵华，蒋介石先生全力剿灭陕北朱毛共匪，并非难事。

吴先生见解独到，思想深刻，令人佩服。丁恩正兴趣盎然，示意老年侍者奉上味噌汁。

俞明喜反而觉出鸿门宴气氛了，开口阻止吴荣成说，你一介书生与世无争，莫谈国事啊。

吴荣成充耳不闻说，我只是普通国文教师，中国文人素有文以载道传统，修身齐家治国平天下，理当关心国家民族大事。

丁恩正再度请教说，一旦国共实现合作，共产党军队整编为国民革命军，他们也算归宗了吧？

吴荣成一边取食烤鳗鱼一边评论道，兄弟阋墙，自古难免。我倒想请教丁先生，你是亲国还是亲共？是亲华还是亲日？

问今是何世，乃不知有汉，无论魏晋。丁恩正讳莫如深说，我是生意人，不亲国不亲共，不亲华不亲日，只亲钞票。

那你是亲法币呢还是亲银联券？吴荣成从容追问。

丁恩正举起酒盅说，世界上任何两种货币间，必然存在汇率，你问我亲法币还是亲银联券，我亲汇率就是了。

沉默了一会儿，有些像两出戏之间的换场。你们都记得那次全市抬棺大游行吧？丁恩正转变话题说，中共地下党居然发动南北两路学生给 CC 系分子翟白丁送葬！你们说这是共产党不明死者真实身份呢，还是有意表达国共合作意愿呢？

俞明喜暗暗吃惊，故意做出天真无知的样子。你说翟校长是什么分子，CC？

吴荣成温和地笑了。敢情翟校长是 CC 系分子，怪不得报纸上说日本人派汉奸刺杀了他。

丁恩正突然说，日本人刺杀翟白丁是灭口，为了保护已经暴露的谍报员！

谍报员？俞明喜当即想起乘船逃走的老佟，同时揣测着丁恩正的真实身份。CC 系？复兴社？肯定不是青洪帮……

一个人的真实身份，那是很难说清楚的。吴荣成扬手招呼老年侍者，给他斟满一盅清酒。

看到客人突然有了酒兴，丁恩正兴奋了，静静注视着吴荣成。

不论翟白丁先生什么政治背景，只要他是中国人，我们就要祭奠他。吴荣成说着将手里一盅清酒泼洒地上，然后双手合十。

丁恩正跷起大拇指，连连高声叫好，如同坐在戏园子捧角儿。

俞明喜低头喝着味噌汁，心里说老燕同志肯定不知道翟白丁的真实身份，否则他是不会同意全市学生抬棺大游行的。

这顿日式晚餐临近尾声，丁恩正意犹未尽，又唱了那段梆子腔“喜荣归”。他兴致勃勃给吴荣成讲解剧情说，书生赵廷玉考中进士，故意衣裳褴褛回到崔家。岳母嫌贫爱富，不明底里逼他退婚。赵廷玉乔装的乞丐，扮得真像啊。

酷爱京戏的丁恩正，近来经常反串梆子腔，而且总是这出“喜荣归”。俞明喜以为丁恩正转为梆子腔票友了。

主人送客。丁恩正走出聚贤酒家大门拜托道，小女在贵校求学，还望二位多加教诲啊。说着扬手叫了两辆洋车，还让部下付了车钱。

一前一后，两辆人力车停在善邻里胡同。吴荣成下了车回味道，那位丁先生在北平生活很多年吧？天津把人力车叫胶皮，北平才叫洋车呢。

噢！北平把胶皮叫洋车啊。看来人的习惯很难改变的。俞明喜附和说，吴兄对人物细节观察入微哟。

去年我在北平西四牌楼叫一辆胶皮，车夫听了就说您是天津人吧。吴荣成详细解释着，抬手叩了叩公寓院门。新杂役应声开门了。

俞明喜趁机问道，老佟走了，也不知道他什么时候回来？

老佟……你是说那老杂役，他还回来吗？吴荣成走上门廊脱了鞋，进了房间。

洗漱完毕，俩人拉开被褥，闭灯安歇了。黑暗里俞明喜问道，丁先生为什么安排日式晚宴招待咱们呢？

他在北宁株式会社供职，这名字像是日本公司。如今喜爱日本料理的人不少，也是殖民地的时尚吧。

俞明喜接着请教道，吴兄，这顿日式晚餐味道纯正吗？比如那盘寿司。

我又不是日式美食家，囫囵吞枣吃不明白。吴荣成睡意蒙眬地说，想吃北平的炸酱面……

不等说出炸酱面的菜码儿，俞明喜便听到吴兄入睡的鼾声了。

躺在“榻榻米”上难以入眠。俞明喜根据丁恩正透露的点滴消息，梳理思路分析着：如果翟白丁真是CC系分子，当他发现身旁的日本谍报员，必然暗暗监视着。日本特高科得知谍报员暴露的消息，便派出汉奸刺杀翟白丁以灭口……对啊，老燕同志说过那个汉奸外号瘦狗，完成任务逃到北平去了。

北平……？丁恩正从029次客车接收的那个紫衣男子正是从北平押解回来的！他不会是在北平落网的瘦狗吧？如果他是瘦狗，那么丁恩正不是CC系就是复兴社，二者必居其一。虽然这两个特务组织历来不睦，都是国民党鹰犬啊。

再者，丁恩正说日本人杀翟白丁是灭口，那暴露的谍报员是谁呢？是逃走的老佟还是另有其人？

此时，单兵作战的俞明喜面对复杂的敌情，觉得自己好像黑夜汪洋里一叶孤舟，内心非常想念老燕同志。

第九出

庸报头版右下角刊出新闻，日前学运分子景姓秀兰者被日本宪兵队逮捕，翌日即遭杀害。看到这条消息，俞明喜躲到校园角落里哭了。他打知道景秀兰被日本飞机炸伤了，看来也是留津潜守，不幸被捕为国捐躯了。

老燕同志什么时候回来？民先队什么时候恢复活动？我跟组织失去联系，只能阅读平津两地报纸了解时局。有些汉奸报纸颠倒黑白混淆视听，令人迷雾难辨。

最难辨认的是女学生丁小夏。她几乎判若两人了。以前她迷恋吴荣成，经常往教师预备室送礼物，好像一只衔着花籽飞来飞去的小鸟儿。这几天小鸟儿改变飞翔方向，栖落在俞明喜桌前谈心了。临近西俗圣诞节，丁小夏专门送来贺卡，上面写满“你是爱国青年的楷模，你是国家未来的栋梁，你是我追随学习的榜样”的热烈语言，还邀他去英租界维多利亚咖啡厅共度平安夜。俞明喜担心这只小鸟儿是猫头鹰孵出来的，只得哼哼哈哈，虚与委蛇。

天气暗冷。俞明喜做着这种假设：倘若丁恩正是国民党方面特工，丁小夏秉承父命潜心观察爱国教师动态。此时，她完成了对吴荣成的考察，自然淡化而出，将重点目标转向我。

当然，这只是假设。俞明喜转念想到，也可能丁小夏只是普通女学生，不过天性活泼喜欢交际而已。

礼拜六下午，吴荣成找老学究校长告假三天，说有事外出。俞明喜问吴兄需不需要代课，吴荣成说校长决定亲自代课。俞明喜叮嘱吴兄天气转冷，外出添加衣裳。

礼拜天。俞明喜在公寓里收拾东西，无意间找出那双布鞋。睹物思人，想起老燕同志，心头暖烘烘的，继而想起从鞋垫里发现线索的老牌日本浪人老佟，不禁咬紧牙关。可惜连老家伙日本名字也不知晓，将来抗战胜利了都没处抓他。

收起老燕的布鞋装进盒子里，存入壁柜。这时候，嫂子拉门进来，小叔子起身相迎，说吴先生出门办事去了。

这我知道。徐凤珍显然是有备而来，她盘腿坐“榻榻米”说，那天你给我送了两盒点心，我心里挺热乎的。毕竟你是俞家亲兄弟，我有话就明说了。

我没文化，不懂得妇女解放大道理。如今日本人来了，也没听说反对寡妇改嫁，因此，我想走一步……

俞明喜明白，嫂子的心思明摆着。只是没有捅破这层窗户纸而已。今天把话挑明了，他不光认为嫂子有了出路，自己也解脱了。

徐凤珍接碴儿说，兄弟，你也知道我命苦，这后半辈子我就跟吴荣成共同生活啦。

我也不赞成妇女守寡。我只想问一句，你说跟吴荣成共同生活，是明谋正娶呢还是俩人搭伙过日子?

我又不是黄花大闺女了，人家吴荣成怎样对待我都行。徐凤珍语气坚定。

嫂子真是好女人。俞明喜谨慎地建议说，不过，还是明媒正娶的好。

我想把现在的房子卖了，搬个新地方住。寡妇改嫁嘛，总不能住在老地方。什么时候卖房什么时候搬家，我听吴荣成的。我一个缝穷的娘儿们能寻了教书先生，长了身份呢。

好！嫁给吴兄好，你改了嫁还是我嫂子。俞明喜说着起身送徐凤珍出门。她站在门廊里穿鞋，真诚地注视着小叔子。明喜啊，你也该成家立业啦！

是啊！我也该成家立业啦。俞明喜感叹之余，故作漫不经心问道，你记得那天半夜送你回家的杂役老佟吧，这阵子吴兄没跟你提起他吗?

没有啊。徐凤珍不解其意说，我今儿才看见这里换了新杂役，老佟死啦？

送走了即将改嫁的嫂子，俞明喜回到房间，一眼看见吴荣成的被褥，想到这位仁兄即将从这里搬走，心情有些复杂。

走进厨房，他跟吴兄留下的气息交流着。无意间看到那只小瓮，想起里面的生腌猪皮，便好奇地打开盖子，迎着光线察看着。

咦！以前有七八条生腌猪皮，怎么只剩下三条啦？俞明喜笑了。吴兄啊，你何时贪嘴偷偷煮着吃啦。

傍晚外出去了那家熟悉的小饭铺，叫了焖饼和紫菜汤。掌柜说太素了添盘肉皮冻吧，你们吴先生经常买我的生猪皮呢，每次都让把油脂刮干净了拿走。

噢，吴兄从这儿买生猪皮拿回去腌制啊。俞明喜细嚼慢咽吃了这顿晚饭，问掌柜吴先生还喜欢吃什么东西。

米饭啊！吴先生最爱吃小站稻蒸的大米饭，他说话东北口音却不爱吃面食，真各色。小饭铺掌柜低声抱怨说，日本人不让中国人吃大米，吴先生胃口受罪了。

不对啊！吴兄经常念叨北平炸酱面，来到小饭铺反而爱吃大米饭了。这样寻思着俞明喜问道，日本人不让中国人吃大米，那大米……？

他们吃啊！你不知道日本人爱吃饭团儿还有寿司，那都是大米做的呢。

我就不爱大米。俞明喜结了账，信步回到善邻里公寓。房间里冷，他找出一条线毯裹着双腿，坐在写字台前批改学生数学作业。

丁小夏的数学作业簿不像女孩子的，字母写得很大，笔道很粗，好像营造公司的绘图员。这个女学生其实挺聪明的，无论三角还是代数，稍稍用功就能考出好成绩。从丁小夏想到祁秋月，俞明喜叹了一口气。

天晚了。青年教师闭灯歇息。嫂子改嫁，吴兄娶妻。这场特殊婚姻我送什么礼品呢？干脆，我送只暖水瓶吧，祝福后半辈子热热乎乎，保持感情温度。

半夜时分，有人拉门冲撞进来。睡梦里俞明喜惊醒跃起，打开电灯发现吴荣成仰面躺在“榻榻米”上，满脸血污。他的右眼窝儿塌陷了，丝丝流淌着血水。

吴兄！你这是怎么啦？俞明喜跑到厨房端来一盆清水。这时吴荣成已经用手绢捂住右眼，翻身坐起，语气镇定。

俞弟你不要害怕，我走夜路撞上树枝子，一下扎破了眼珠儿。

扎破了眼珠！天啊，我马上送你上医院！意租界有家眼科诊所，大夫是犹太人……俞明喜边说边穿衣服。

小毛病不用上医院。吴荣成走近写字台，左手拿手绢捂着右眼，腾出右手在纸片上写出一连串拉丁文药名说，你从我壁柜里拿钱，去万国大药店买这三种西药，我的事儿先不要告诉徐凤珍！

这药片能行吗……？俞明喜觉得扎破眼珠是大毛病，不能这样懈怠。

我学过两年医科，眼珠儿扎破了没有救！即使去马大夫医院也白搭！你快去买药吧……吴荣成有气无力地说着，依然不减男人威严。

好吧！俞明喜这次没有忘记穿鞋，冲出公寓朝着大经路上万国大药房奔跑而去。天晚了，大街上没人。两个巡逻的中国警察拦住他，强行搜身。他手里拿着药方尖声说去买药，警察被他扭曲的面孔吓住了。

万国大药房落了门板灯光昏暗，一个小窗口写着“夜间照常”四个字。俞明喜捅开小窗口送进药方，当班老店员说幸亏我认识拉丁文，你白天来还没人懂呢。

过了一会儿从小窗口递出三个小纸包说三块八。俞明喜问这是什么药。

高效止痛药，强力消炎药，还有击倒型镇静催眠药，这是虎狼之师。一般大夫不敢这样开方子呢。小窗口往外递出二毛钱零头。

吴兄念过两年医科？以前没听他说过。俞明喜跑回善邻里，催促新杂役开门。

房间里，吴荣成已经洗净血污，而且用绷带包扎好右眼，伤兵似地端坐“榻榻米”，极力保持着往昔尊严。心急火燎的俞明喜被这种强硬风度打动了，反而觉得对方更加陌生。

俞明喜斟了一杯水，按照吴荣成吩咐的剂量将八只药片放在他手心里。吴荣成一仰而尽说，你为什么不问我究竟怎样扎瞎了眼睛？

你要是愿意说，肯定会告诉我的。你要是不愿意说，我问你也不会讲的。

吴荣成欣慰笑了。绷带的遮挡使俞明喜只能看到他二分之一的笑容。

疼吗？俞明喜冲了一碗炒面递过来说，止痛药伤胃，空腹更不好。

喝了炒面。吴荣喜说不要把受伤的事情告诉校长，这样免得人家惦记。俞明喜看出他强忍疼痛，便盼望止痛镇静药力快快发作。

不到十分钟，吴荣成说了声我困了，便缓缓歪倒了。俞明喜填好枕头盖好被子，吴兄已然沉沉入睡了。怪不得卖药的说镇静催眠药是击倒型的，跟孙二娘的蒙汗药差不多。

睡吧，睡实了就不知道疼了。俞明喜闭灯躺下，静静听着黑暗里的鼾声。

晨曦扑窗，俞明喜醒了。他以为自己是被窗外声音惊醒的，便侧耳听着。突然，房间里响起说话声。哦，原来是室友说梦话呢。看来这种镇静催眠剂药力不小，吴兄沉睡不醒。

吴荣成连续说着梦话，一连串怪里怪气的语言，含混不清却不停顿。俞明喜翻身坐起静静听着，不由惊诧地吸着凉气。他分明听到吴兄说的是日语。

沦陷以来，日方实施奴化教育，学校里强制推行日语教学，尤其老学究校长到任，更是不遗余力。什么平假名片假名，俞明喜稀里糊涂懂得不少日语。此时，他从吴荣成的梦呓里听到日语“妈妈，我想念您”、“我想吃人形烧”、“关西樱花开放了”这样的句子，其余就听不懂了。

吴兄是国文教师，他从来不懂日本语啊。那次嫂子问他杀虫剂“绝灭”的日文发音，他也说不知道。记得我跟他谈起对日语不要望文生义，比如日文汉字“手纸”是信件的意思，不是擦屁股用的。日文汉字“娘”是女儿的意思，不可弄错辈分。当时吴兄连连点头，说中日文化同源却不同流，日本把中国茶饮提升为茶道，把大米饭精化为寿司。

吴荣成继续说着梦话，好像叫着一个日本歌伎的名字。俞明喜悄悄穿好衣裳，披起棉袍轻轻溜出房间。他站在院子里，心儿咚咚跳着，好似敲响战鼓。记得念师范学校时听过心理学讲座，那位白俄男讲师操着流利汉语说，一个人永远属于童年，长大成人即使常年克制不讲母语，也会在梦境中有所流露，尤其生命脆弱之时，母语会带来安全感。我太太告诉我，我睡觉说梦话都是俄语。

吴荣成是日本人？吴荣成是含而不露的日本人？俞明喜内心惊悚不已，依然困惑不解。日本人以高贵种族自诩，吴荣成为何偏偏伪装成中国人呢？

一个人突然间变成另一个人，俞明喜不知怎么办了。上午没课，不用去学校。下午有两堂代数。他走出公寓大门，又不知去向何方，只得来到兰心票房。掏出钥匙，发现大门已经开了。

丁恩正站在院子里，身穿老绿色绒衣绒裤，正在踢腿练功。自从择仁里石头楼被炸，这位梅派青衣经常来到这里。

以前，俞明喜对外不谈及室友。此时不同于彼时，他当头就把昨夜吴荣成负伤的遭遇说了。丁恩正停止晨练惊讶地说，吴先生为人淡泊与世无争，怎么遭受如此厄运呢！他不会被人剜了眼睛吧？

一语点醒梦中人。俞明喜暗暗思量，如果吴荣成真是伪装多年的日本人，那么必然有着复杂背景和特殊身份，这种人物难免遭遇凶险，肯定不会是夜行撞树枝扎瞎右眼。

这时候，从东厢里走出个男人，也是身穿老绿色绒衣绒裤。俞明喜定睛辨认，此人正是聚贤酒家那位老年侍者。由于对丁恩正的真实身份有所预估，俞明喜面对此人并不惊异。

丁恩正指着老年侍者说，他在日本多年，还是中国人吧？伪装得再像依然爱吃煎饼果子大麻花。一个日本人在中国生活多年，他伪装得再像，照旧爱吃寿司生鱼片。一旦确定他是日本人，这事儿就好办了。

你说的话……我听不明白呢？俞明喜牢记自己是中共地下党员，假使国共合作了也绝不暴露身份。

老年侍者好像自说自话道，日本人吃寿司的姿态，中国人学不来的。

说得对！从小养成的习惯，很难不露蛛丝马迹的。丁恩正继续踢脚道，所以说童子功，带终生，今生今世莫放松。

梅派青衣又展示了平津数来宝的语言风采。不过，此时俞明喜从中听出丁恩正的弦外之音，渐渐佐证了自己的判断。

心里有事，俞明喜象征性喊了喊嗓子，就告辞了。既然组织不跟我联系，我主动到秦记铁铺附近走两圈。河里没鱼——市上看。

临近正午，俞明喜绕着三条石走了两圈，没人搭腔。他灰心丧气返回淑德女中，坐在教师预备室吃了两个开花馒头。

下午两堂代数课，俞明喜时而思维混乱时而脑海空白，把 X 当作 Y，把等式当作不等式，讲得颠三倒四，同学们交头接耳，以为老师得了大脑炎。

终于熬到下课，女生们一哄而散。只剩下丁小夏身披薄呢大衣面带微笑说，听说西北城角有一座铃铛阁，不知还在不在呢。

俞明喜愣住了。铃铛阁是我的代号啊！他边收拾教案边寻思，这兴许又是巧合，我可不能再犯祁秋月的错误了。

丁小夏目光亮亮注视着青年教师。俞明喜抱着教案走出课堂，丁小夏跟着。他只得停住脚步答道，早先有民谣说，天津卫，三宗宝，鼓楼、炮台、铃铛阁。如今有民谣说，鼓楼破，炮台老，大火烧了铃铛阁。

噢，我要非想看见铃铛阁怎么办呢？丁小夏略展风情说，下午两点我在陆家花园后门等你。

俞明喜点了点头，狐疑地望着走路身姿犹如风摆荷叶的丁小夏的背影。

独自坐在教师预备室里，俞明喜飞快地思索着。丁小夏的父亲肯定不是商界人士，北宁株式会社也只是幌子而已。历数丁小夏诸种表现，除去讲穿爱吃好交际，几乎难以概括这个女学生。不论云里雾里，真相下午两点揭晓。

有人叩门。他认为是丁小夏来了。起身迎将上去，不承想祁春芬走了进来。

俞先生，我、我不愿打扰你，可是我母亲她……祁春芬手帕掩口，语塞了。

你母亲怎么啦？俞明喜以为出了大事，紧张地退了半步。

祁春芬难堪地说，我母亲天天念叨你，非要请你去看看她……

好吧，这两天我抽空去看望她。俞明喜担心错过陆家花园的约会时间，连声许诺。

谢谢你啦。祁春芬知趣地走了，给俞明喜留下一团雪花膏的淡淡香气。

看了看挂钟，俞明喜掐算时间起身赴约。远远看见陆家花园后门，一件米色风衣掩映在蒿草丛间，俞明喜快步走过去，做好各种思想准备。

丁小夏转过身来，米色风衣里露出蓝色校服。她注视着荒芜多年的园林，开门见山地说，绰号瘦狗的汉奸枪手在北平落网被押回天津，他承认刺杀了翟校长。

俞明喜没想到丁小夏当头说出这番话，一时不知如何应答。丁小夏不需要应答低声继续说，你知道被翟白丁发现的日本谍报员用什么写情报吗？生腌猪皮！

啊！心头炸开一道闪电。立即想起公寓里那只小瓮腌制的东西，原来日本谍报员是吴荣成，怪不得他说梦话讲日语呢。俞明喜受到强烈刺激，伸手扶住身边小树。

好多年了，生腌猪皮都是装在罐头盒里通过邮局寄给日本特务机关的，收件人是旭街东亚照相馆小田经理。内线说这种特制的生腌猪皮表面看不出异样，必须上锅清蒸半个钟头，日文才渐渐显现，包括原野踏勘纪录和战略地形图。这是谍报界一大发明呢。

你怎么知道这些情况？邮局内线……俞明喜以攻为守，依然不暴露身份。

丁小夏笑了笑说，当然是我偷听了父亲电话。父亲曾经让我主动接触吴荣成，当时你还认为我患了单相思呢。

俞明喜适时问道，令尊他……？

我父亲也是为国效忠，当然政治信仰各有不同，他信奉三民主义。

你呢？中共地下党员俞明喜步步为营，仍然不敢完全相信这个女学生。

我知道你是谁。丁小夏表情凝重说，其实我跟你不应发生横向关系，这是迫不得已的。

一个灵感闪过脑海，俞明喜猛地转换话题问道，你为什么在作文卷子里夹了拾圆法币呢？

当时我以为你也是“韩非子”小组的，就夹了钞票试探，结果你不懂这个暗号，我太冒险了。丁小夏说着伸出小手儿跟他握了握，道了珍重转身走了。

俞明喜没想到对方突然告别，下意识追了几步。丁小夏停步回头说，你知道那家伙从邮局寄过多少次生腌猪皮吗？十年了他足够写一本书啦！

哥哥俞明祥、温铁生、李锟、景秀兰……当然也有翟白丁，一个个死难者形象冲撞脑海，俞明喜无法抑制冲动，脏话冲口而出。那家伙从邮局寄了多少次情报，就等于杀了多少中国人！我操他小日本儿祖宗！

丁小夏挥手快步走开说，不要不要！你操小日本儿祖宗等于玷污自己身体，千万不要啊！

真是豪爽！一个女学生居然敢于说出那个脏字，这不亚于巾帼英雄啊。俞明喜久久不能平静，独自留在陆家花园后门，一仰身躺在蒿草堆里，目光直射云天。

哎哟！那么老佟是老牌日本浪人吗？可能是，也可能不是，可能俩人同伙，也可能各自单兵作战……

第十出

徐凤珍风风火火跑进公寓，连连催促上医院。吴荣成强忍疼痛正襟危坐，屁股好像焊在榻榻米上。他脸部斜缠右眼的绷带渗出血迹，干涸了。

俞明喜凑前说，紧邻日租界建物街上有家诊所，小岛大夫军医出身专治眼伤。

我的左眼视力不强，全凭右眼呢。吴荣成陈述着，好像面对书记官。

不要紧，我牵着你嘛。俞明喜说着拿出一根老藤手杖。这是当初老佟的遗物，前几天偶然在门房里发现的，他悄悄留做武器。

去吧！徐凤珍几乎哀求着。看到嫂子如此动情，俞明喜心碎了。寡妇即将改嫁，新夫却是伪装多年的日特份子。嫂子真是苦命人。

我去诊所可以，你不要跟着我。吴荣成军曹似地对小兵下达命令。

你嫌弃我啊……徐凤珍稍显委屈说，好吧我不跟着，就让明喜陪你去吧。

不知何时，嫂子做了一件厚厚实实黑色棉袍，此时给吴荣成穿在身上，下身是夹裤扎角外加棉裤套，暖暖和和去奉天都不冷。

出了公寓大门，俞明喜拎着老藤手杖，前面引路。其实他悄悄做好三种准备：从药房买了砒霜，吃饭前下毒；从马具店买了皮绳，睡着了勒杀；还有这根沉甸甸手杖，出其不意击打后脑。不过，这三种方法都难以掩盖凶杀痕迹。老燕同志曾经叮嘱不许暴露身份。一旦涉嫌谋害室友进了警察局就麻烦了。无论怎么说，杀人这活计对他来说都是生手外行。

徐凤珍追到善邻里胡同口，给吴荣成捂了一顶“三块瓦”棉帽子，大声叫了一辆胶皮，嚷嚷再等一辆。吴荣成固执地坚持步行，径直朝前走了。走了几步被路边砖头绊了个趔趄。徐凤珍惊叫你别逞能让明喜牵着走。

嫂子显然进入吴荣成的贤妻角色。俞明喜不动声色握着杖头前面牵着，吴荣成攥着杖尾后面跟着，一路朝着日租界方向去了。

吴兄不要着急，离日租界越近越安全。俞明喜话里有话说道。他知道自己关键时刻容易心软，便极力调动内心仇恨。想着东北“九·一八”，还有上海“八·一三”。

吴荣成被厚厚的棉袍裹着被肥大的棉帽捂着，步履迟缓好像从深山押入都市马戏团的黑熊，身形笨拙显得疑虑重重。俞明喜想到这只黑熊藏有豺狼之心，暗暗骂了句脏话。

前往临近日租界的建物街，俞明喜选择从东浮桥过海河。天气冷了，即将进九。河面覆着薄冰，好似覆了一层糯米纸。他引着吴荣成从左侧人行道走上这座名为东浮桥的钢铁大桥。

这时候的俞明喜，不知道十二年之后，解放天津的中共第四野战军将会师东浮桥；也不知道四天之前，复兴社华北分社天津行动组长丁恩正派人扎瞎了吴荣成右眼，以此诱饵吸引前来援救的日特分子；更不知道此时此刻，东浮桥上叫卖红眼银鱼的汉子是国民党蓝衣社特务，时刻监视着吴荣成动态。然而，丁恩正并不晓得吴荣成是志愿者独行侠，永远也不会有同伙的。

苍天有眼。假如从右侧人行道上桥，俞明喜肯定不会遇到那段缺失的桥栏。维修工人拉上一根草绳充当临时桥栏，跑去撒尿了。俞明喜看见草绳，心里打了个冷战。这是哥哥冤魂未散，为我提供杀敌复仇的天赐良机啊。

一步步走向草绳替代的那段桥栏，内心的深仇大恨驱使俞明喜冷静下来。他牵着老藤手杖暗暗掐算距离，就像小时候玩耍“侦探拿贼”游戏那样。

你去死吧，吴兄。俞明喜充满戏谑心理，把吴荣成牵到这段草绳中间位置，猛然回身用力推搡——这位志愿效忠日本天皇的民间特工，一头栽了下去。

吴荣成死死握着老藤手杖，黑色躯体垂直落下，扑通砸破糯米纸似的冰层，没了踪影。

你他妈的就是会游泳，棉袍棉裤棉鞋吸水也让你沉到河底的！俞明喜心里痛骂着，脸色酱紫，目光冰冷，呼吸急促，浑身颤抖，死死盯着冰封河面，忘了应当立即逃走。

一声女人尖叫，好似一只大脚踩了母鸡脖子。俞明喜扭头看见徐凤珍冲上前来——原来她一直远远跟在后面。

徐凤珍跳脚大骂。你这挨千刀的！你为嘛推他下河啊！你淹死他啦……

嫂子一头撞过来。俞明喜仰身跌倒在桥栏前。他从未见过嫂子如此撒泼，头脑倏地清醒了。人群聚拢围观着。一声警哨响起，两个黑衣警察拨开人群挤进来。徐凤珍指着小叔子说，他推人下河！他推人下河！

警察一听这是人命大案，押着俞明喜直接送到水阁大街天津警察局。俞明喜挣扎回头看了嫂子一眼，知道这件事情永远跟她说不清楚的。

被推进小黑屋关起来，俞明喜并不惊慌。今天除掉潜藏多年的日特分子，我付出多大代价都值得。这样想着颇感欣慰，靠坐墙边睡着了。

不知过了多久，俞明喜被拖了出去。瘦脸警官手里拎着皮鞭，问他是压杠子还是喝辣椒水。他闭口不语。瘦脸警官拿过笔录说，你嫂子告你谋害她未婚夫，你快招供吧。

这番话提醒了俞明喜，他想以小叔子不容嫂子改嫁为由，承认自己推吴荣成下河。转念想到自己是中共地下党员，绝不能给组织带来任何麻烦。索性概不认账，反而指责徐凤珍刁妇诬告好人。

瘦脸警官挥起皮鞭说，你不吃顿皮鞭炖肉不会实招啊！说着两个警察把他摁在地上扒去棉袍，牢牢捆在立柱上。

你们打人逼供犯律条，我要告你们私设公堂拷打良民。俞明喜把舌头磨成刀子，大力施展语锋刺向对方。

教书匠就是能说，我们攒钱买你的嘴！两个警察轮番挥鞭抽俞明喜。打一鞭，叫一声，俞明喜疼得想死，就是不改嘴。

遍体鳞伤。两个警察把他扔回小黑屋说，打你打得累坏身子，赶紧叫家属送钱来，让我们哥儿俩滋补滋补。

我没家属！累死你们活该！俞明喜使足气力喊着。这两个警察嘀嘀咕咕说，这小子挺硬，跟前几天那共产党差不多。

听到警察拿自己跟那共产党相比，俞明喜心里说老子就是共产党，说出来吓死你们！

他疼得昏过去了。醒来又被拖出小黑屋，明亮光线刺得睁不开眼睛，却听到熟悉女声说话，抽泣着要求具保放人。他朦胧意识到这是祁春芬的声音。

你们光凭那个有着利益关系的女人口头诉状，就随意抓人打人残害人，我是律师我要控告你们！这是操着广东口音国语的男声，据理力争着。

操！寡妇嫂子状告小叔子，掉河里那主儿兴许是奸夫！这是瘦脸警官声音说，好吧好吧，具保放人！不许离开天津卫。

光线更强了。他感觉被抬出警察局，晒到阳光下了。一路颠簸浑身生疼，他又昏过去。再次醒来，睁眼望着熏得微黄的屋顶，外面传来小孩儿嬉闹声。祁春芬端着小碗一勺勺喂水说，这是白糖水，喝了败火。

我知道你想问我来龙去脉。病人说话伤气，你听我说吧。一个姓丁的女学生跑来报信儿，叫我去警察局保你。我去了不顶用，请了律师蔺先生，他在工人俱乐部教过我们识字。他交涉了两次就把你保出来了。这间屋子是我新赁的，也在这座大杂院里。南屋里躺在我妈，北屋里躺着你，我一天伺候俩人儿！

谢谢你救了我……俞明喜觉得祁春芬心直口快，忙里忙外挺辛苦的。

你得感谢那个姓丁的女学生，人家要不跑来告诉我，你兴许死在小黑屋里啦。祁春芬说着把小木盆放在床前说，你要尿尿就说话，我出去。

俞明喜红了脸摇了摇头说，那个女学生叫丁小夏，不知她从哪儿得到我进了警察局的消息。

哦，就是这个丁小夏，她特意让我转告你，说她离开天津走啦。

好啊。俞明喜当然明白丁小夏的意思，只是内心存有疑虑。丁恩正肯定是国民党方面的，他女儿会不会是双面人物呢?

伤筋动骨一百天。俞明喜只伤了皮肉，用了金家窑苏先生的药，一个月就试着下地行走。他突然想起徐凤珍。祁春芬伤感地说，你嫂子疯癫了，整天大街上乱跑，嘴里不停叫着什么吴先生。

俞明喜黯然神伤。嫂子不明底细痴迷日特分子，这辈子算是毁了。他忍着伤痛挪到南屋看望祁母，发现老人家病体衰微宛若残灯，看来命不久永。

你、你不娶春芬，我、我死也闭不上眼……祁母顽强地说出这句话，不拖泥不带水，让俞明喜听得清清楚楚。

俞明喜心里犹豫了。我是中共地下党员，生活大事应当向上级报告的。可是组织在哪里呢?

祁春芬吓得小声说，我妈说话这么清楚，兴许是回光返照吧?

老燕同志撤离天津时特意嘱咐我该成家了，还说娶了媳妇就有人照顾我了。俞明喜想到这里心里踏实了，注视着即将撒手人寰的祁母，伏下身子凑到老人耳边说，您放心吧，我娶春芬！我一定娶春芬！

祁春芬一旁低声抽泣。祁母心满意足地点了点头。俞明喜扑通跪在地上，祁春芬也随着跪下了。

祁母清晰地吐出最后一句话：你俩人，多般配啊……便缓缓闭上眼睛。

办完丧事，过了“七期”。兵荒马乱年头，俞明喜跟祁春芬在大杂院里散了喜糖，接受着邻居们的吉利话儿，就算是婚礼了。当晚小夫妻睡到那间北屋里。祁春芬表示服丧期间不能合房，便分别躺在两床被窝儿里，形同壁垒。关灯睡觉俞明喜听到妻子轻声问道，你真的没把那人推到河里?

他不愿新婚之夜就撒谎，沉默不语。黑暗里祁春芬表态道，不论你推没推那人，我都跟你一条心！

想起那条奔腾东去的海河，便想起下落不明的祁秋月。俞明喜心里说我要把对祁秋月的愧疚化作对祁春芬的感情，好好待她。

纱厂工人俱乐部替我跟厂方交涉，争取让我回去上班！祁春芬激动了，忍不住去抓丈夫的手。

工人俱乐部？看来天津工人运动并没有停止啊。俞明喜暗暗受到鼓舞，心气儿高涨了。

二月二，龙抬头。吃过蒜汁麻酱剪闷子，祁春芬回厂上班了。俞明喜身体复原，重返淑德女中教书，还是小代数和三角。丁小夏果然走了，教室里没了她的身影。

校园里弥散着吴荣成落水身亡的各种传闻，弄得俞明喜成了重大嫌疑人。不过他心里有底，日本宪兵队是不会来抓自己的，因为他们从来不知道吴荣成就是那个潜伏多年寄送生腌猪皮情报的志愿谍报员。

老学究校长召俞明喜谈话，了解各种传闻里的真相。他只得撒谎，告诉校长吴荣成去日租界治疗眼伤中途失足落水，人没了。

翟校长不在了，吴先生也不在了，这二位生前是否属于对立派人物？老学究校长竟然提出这个切入实质的问题。

人生在世，各有志向吧。俞明喜意味深长地答道，起身告辞了。

没到端午节，祁春芬天天想吃粽子，馋得要死。大杂院妇女们告诉俞明喜兴许媳妇有啦。他又惊又喜，恨不得立即向上级组织报告，内心愈发想念老燕同志。

时光流水。祁春芬生了个大胖小子。出了满月，那位蔺先生竟然上门祝贺。他是执业律师，也是恒源纱厂工人识字班兼职教师。趁着祁春芬在屋外烧水，蔺先生低声说鼓楼问候你，炮台约你这月初八晚间六点钟，秦记铁铺见面。

听到这两个的代号，俞明喜上前紧紧握住蔺先生的手，激动得说不出话来。蔺先生极其冷静，操着广东口音国语说，我到警察局保你时，还不知道你真实身份呢，你有个好妻子啊。

不等祁春芬烧开水，蔺先生便告辞了。俞明喜知道从事秘密工作不必客套，也就没有执意挽留。

度日如年。终于熬到约见的日子，晚间六点钟俞明喜准时走进秦记铁铺小仓库。代号炮台的老艾点亮油灯。这灯光再次令俞明喜想起自己入党的情景，泪水充满眼窝儿。

老燕好吗？俞明喜开口就问。老艾明显瘦了，却保持不苟言笑的习惯，跟他握了握手说，老燕在冀中呢。你的情况我都了解，留津潜守表现不错，还除掉一个日本奸细。

请组织给我分派工作，我都要憋屈死啦！俞明喜环视着小仓库，真希望老燕同志突然出现。这时老艾开始传达上级指示，一部分同志返回天津，重新组建民先队，恢复地下活动。同时，从天津调派一部分同志去迁安、滦县、丰润、玉田四县，准备参加冀东抗日大暴动。铃铛阁的任务是去开滦林西煤矿加入节振国的矿工暴动队，起文化鼓动作用。

太好啦，请组织马上给我开介绍信，我缝在鞋里明天就走！俞明喜攥着拳头，活像盼望过年的孩子。

你还没有吸取鞋垫事件教训啊？老艾拿起一把小刀，拉过俞明喜左手冲着小臂一划，一道鲜血立即涌出。

这就是最好的介绍信！老艾从衣兜里掏出一包儿白色药面撒在刀口上，立即止了血。看来老艾早有准备，变戏法似的抻出一条白纱布，包扎了他手臂。

林西方面看见刀疤，你报出代号他们就接纳你了。老艾突然激动起来说，日本宪兵专门搜查缝在鞋里的东西，火车站抓着五个，都毙啦。

告别老艾离开秦记铁铺。明天就去开滦了，他过了摆渡专程去堤头看望嫂子。进门看见徐凤珍坐在炕头，低头缝补着一件对襟短袄。小叔子认出这是吴荣成的遗物，觉得嫂子太可怜了，又没办法搭救她。徐凤珍神志不清，一边缝补一边怪异地笑着，陶醉其中。他给嫂子鞠了一个躬，走了。

回到家里，告诉妻子明天外出办事儿，兴许十天半月回不来。祁春芬露着乳房给孩子喂奶说，你要是跟蔺先生那样为工人们去办事儿，我等你一辈子。

俞明喜听了这话，凑上去亲了亲她的脸蛋儿。他是个不善温存的人，此时猛地将妻儿揽在怀里说，我还没给咱儿子起大号呢。

你是个好人！我妹妹比我有文化，她要是活着肯定也愿意嫁给你的。祁春芬说着，小声哭了。

俞明喜使劲儿抱住妻儿，沉默无语。一家三口相亲相爱紧紧依偎，像黑夜般结实。

善解人意的祁春芬及时扭转气氛说，上马的饺子下马的面，我去找大妗子借一碗白面，明儿包饺子给你送行。

第二天上午，俞明喜吃了一大盘白面饺子。祁春芬说原汤化原食，让他喝了饺子汤。妻子给他带了两件换洗的衣裳，还塞了两块钱，说穷家富路。他走出家门猛然折回，抱住妻子亲了一口。祁春芬害羞地说你不怕邻居看见啊。他又猫腰亲了儿子一口，扭身走了。

老龙头火车站有汉奸警察检查行人，日本宪兵三步一岗五步一哨，一个个就跟萝卜头儿似的。果然搜身也搜鞋袜。俞明喜暗暗庆幸，买了去唐山的火车票。

他知道走京山线唐山大站查得严，决定提前在胥各庄小站下车，宁可步行前往林西煤矿。

火车到了胥各庄，几个从天津来的男人也下了车，都是生意人打扮。俞明喜跟随后面出了站。一个戴礼帽佩墨镜穿大褂的男子迎上前来，把那几人引走了。俞明喜觉得这人眼熟，心头一惊。

他不会是吴荣成吧？俞明喜快步拐过街口，从侧面观察着。他妈的，要么是吴荣成鬼魂现身，要么就是吴荣成没死。

不行！只要这家伙还活着，就会祸害我们。俞明喜看见吴荣成雇来一辆骡马大车，催促那几个人上车。

你在明处，我也不用躲在暗处。今天我跟你唱二进宫啦。俞明喜索性追上大车，纵身跃上车尾。那几个人以为他是同行者，彼此不言语。吴荣成侧身坐在前面车辕上，好像没发现多了一个人。

骡马大车走到天黑，远山朦胧。人们下车，吴荣成摸黑摘下礼帽脱下长衫，换成庄户短打扮。多么熟悉的动作啊！包括浑身散发的气息。俞明喜认定这就是吴荣成。他妈的，天津海河怎么没有淹死这个日本鬼子呢。

吴荣成从包袱里掏出高粱饼子，一人一份。俞明喜伸手去接，吴荣成愣了一下。俞明喜趁机与他对视，黑暗里对方毫无反应。

上路了。月光下，他看到吴荣成前面引路，手里拄着竟然还是那根老藤手杖。这日本特务太自大了，一丝一毫不肯改变自己，狂妄地行走在中国土地上。

走到半夜，一行人困乏了，有人小声哼哼“大刀向鬼子头上砍去”的歌曲，俞明喜顿时明白了，这些人也是前往冀东根据地的抗日爱国分子。只是跟自己报到地点不同而已。想到这里，他猛然意识到自己违纪了，没有直接去林西煤矿，却跟随吴荣成来到陌生地方。

终于走到天亮，又有骡马大车来接了。俞明喜大步走上前去，挑衅般寻求对视。一副墨镜遮着吴荣成眼睛，他好像对俞明喜的存在浑然不觉，环顾左右招呼人们上车。

他妈的，这家伙不敢跟我对视。俞明喜感到气愤的同时也感到失落，仿佛失去决斗对手。血气方刚的青年教师思索着，如何揭穿这个日本特务的画皮。

黄昏时分，大车停在山脚下。人们下车鱼贯而行，攀上山腰小村庄。进了一……墙壁上残存“玉田县半山屯”字样……弟，别来无恙……

……起身说去你妈的日本鬼……员走进院

……不更名坐不改姓嘛。吴……着吴荣

……是普通学运分子，你是

……镜颔首

……自己，忍气吞声也不暴……，不

被关进一间石头小屋，俞明喜觉得好像坐在天津蛐蛐罐里，喘不过气来。他扑向小窗口捶打着，尖声要求面见冀东的领导。

黑脸汉子的面孔填进小窗口，凶狠地盯着他。你喊啥呢？吴老师说你是奸细这不会错的！

哪个吴老师？哪个吴老师说我是奸细？俞明喜追问着，力求获取更多情节。

黑脸汉子粗鲁地说，就是我们的文化教员吴瞎子呗！

这个日本特务太嚣张，他还敢姓吴啊！俞明喜气得发懵，感觉受到奇耻大辱。

你不要学猪叫了，我们派人去请齐宏同志，明天审你！黑脸汉子走了。

第二天一大早儿，院里安静极了。[redacted]头小屋窗口光线闪动，悄然露出吴荣成戴墨镜的脸庞。俞[redacted]

俞明喜一夜未眠有些气急败坏，站[redacted]子，少跟我之乎者也，玷污我们汉语。[redacted]

我昨天听见你骂我还姓吴，本人行[redacted]荣成和言细语说，现在我知道了，你不[redacted]共产党。

我是爱国者。俞明喜看出对方戏[redacted]露真实身份。

你是爱国者，我也是爱国者。你爱你的国家，我也爱我的国家。可是，他们认为你是日本奸细，你很可怜啊。

你才可怜呢。我爱国光荣，你爱国可耻！你的国家杀人放火侵略我的国家，你还以耻为荣。

吴荣成依然不失教师儒雅。我想问你件事儿，你说到底是国民党还是共产党派人剜了我右眼？

你这个问题太幼稚！你记住是中国人剜了你右眼就是了，以后还会剜你左眼。

吴荣成稍稍变了脸色说，这两年同吃同住我没看透你，你竟敢把我推到河里！幸亏老佟那根手杖。

噢！老牌日本浪人……？一定是你在学校露了马脚，老佟暗暗保护你，他给特高科报信儿，日本人派汉奸刺杀翟白丁灭了口！我说得对吧？俞明喜忘了身陷囹圄，又成为喜欢逻辑推理的数学教师。

你这个问题也太幼稚！好啦，你等着上边来人审你吧。吴荣成的面孔从小窗口消失了。俞明喜随即听到外面响起一个女声，很是清晰。

你好像是吴荣成先生吧？我是特委的齐宏。

俞明喜听到吴荣成略显诧异的声音：啊！是你呀……？

俞明喜扑到小窗前，那声音却声音渐行渐远，听不到了。这齐宏是什么人？她声音好熟悉啊，就像电台国语播音员。

早饭给了两个高粱面饼子，硬得能砍死人。俞明喜想起岳飞满江红里“壮志饥餐胡虏肉”的句子，便使劲儿咀嚼着。又想起祁春芬和儿子——孤苦伶仃的青年教师思念亲人了。

嚼着高粱饼子被带到一间大屋里，一条粗木案子后面坐着一男一女，都穿着黄粗布军装。俞明喜一眼认出这女的就是祁秋月，惊得瞪大眼睛。

你还活着啊！这太好啦！我总算解脱了，你怎么改名齐宏啦！

男的白面书生模样，表情冷漠，中等年纪。他轻轻敲着案子说，今天是我们问你，不是你问我们。

俞明喜固执地说，她以前叫祁秋月是淑德女中学生，我代过她们班的国文课！

齐宏当然不会告诉俞明喜，当初负气离校参加南下抗日宣传团，到了河北固安县，后来到达冀东参加革命工作。

你说说吧，你是怎样跟踪到我们根据地来的。齐宏好似陌生人，单刀直入说。

俞明喜意识到自己的怀旧心理毫无意义，甚至会连累已经改名齐宏的祁秋月，于是从头到尾讲述了一路的经历，然后伸出左臂亮出刀痕说，我的任务也是参加冀东大暴动，来做文化鼓动工作的。

白面书生与齐宏面面相觑，显然不明白这刀痕是什么标志。俞明喜无奈地笑了。这是我去开滦林西煤矿的联络记号，他们当然看不懂的。

既然你的任务是去林西煤矿，为何不去报到反而跑到我们这里来呢？共产党员没有你这种无组织无纪律分子，可以认定你是伪装的日特奸细！

吴荣成才是日特奸细呢！他潜伏天津多年，后来跑到冀东根据地，肯定是来刺探情报的！俞明喜气愤极了，呼地站起来。

一个战士伸过长枪压制他坐下。白面书生指责道，你巧言令色！吴荣成同志的履历我们清楚，他奋不顾身追击暗杀翟白丁的枪手，他勇敢走在全市学生抬棺大游行前列，他还给绥远抗战前线将士捐款……

你不要说啦！十年了，你看看他寄出的情报，就知道他是什么东西了。日本进攻天津就有他画的地图！那一条条生腌猪皮就是铁证……

白面书生与齐宏再次面面相觑，根本不晓得生腌猪皮属于什么菜谱。

齐宏显然是白面书生的副手。她尝试着问道，我们跟天津方面联系了，你可以说出你的上级领导，这样也可以佐证你的身份。

俞明喜坚定地摇了摇头。我遵守地下工作纪律，尽管你们可能也是共产党，我还是不能说出上级领导的名字。

尽管我们可能也是共产党？白面书生笑了笑说，你的意思是说我们都可能是假共产党，只有你是真的？

我肯定是真的！青年教师钻了数学逻辑的牛角尖，怒视白面书生。

齐宏突然诈道，给你下达任务的人，当天晚上就被捕了。说明你很有叛徒奸细嫌疑！

俞明喜愣了，心想老艾真的被捕啦？他被捕我就成了叛徒奸细，这他妈的是什么逻辑！这样想着，他随即咆哮起来。祁秋月！你们都是主观主义者，我不愿意跟你们说话了，你们押我去林西煤矿吧，到那里弄个水落石出！

白面书生冷酷地说，你没有这种机会了，我们决定就地解决你。不过，还可以再给你一个机会，吴荣成同志可能会说服你坦白的。

他不会说服我坦白，我也不会说服他坦白，我们是一对生死冤家！俞明喜继续咆哮着，好像一只发狂的雄猫。

俞明喜被押到一间四壁糊着泥巴的屋子里。卫兵退出，关严两扇门。光线暗了。吴荣成身着土黄色粗布军装，腰间挂着一枚手榴弹，虽然佩戴墨镜，也俨然革命战士形象。

吴荣成端坐桌前略显得意地说，根据地领导是信任我的，下月大暴动就发给我枪支，让我投入战斗。

哎！你是来刺杀冀东首长的吧？俞明喜忽发灵感，判断着吴荣成的阴谋目的。

俞明喜与这位冀东根据地文化教员隔桌而坐，注视着今生今世的死敌。

他们说你能让我坦白，你说我坦白什么？我不怕遭受组织冤屈，就见不得你这种日特分子得逞，而且是在我们抗日革命根据地。

你死定了，小俞。今天我也是头一次见到祁秋月，可是她信任我不信任你啊！既然他们要我跟你谈话，你就更死定了。

那位白面书生是什么人？死期将近的俞明喜，依然不减好奇之心。

吴荣成也不认识白面书生，自然不知道他是“冀热边特委”情况科长。此时，无论俞明喜还是吴荣成，俩人都不知道谈话被监听着——东面墙壁抹了一层薄薄的泥巴，掩盖了一只具有传声功效的窟窿。情报科设计这间房子就是用于监听的，包括甄别来自沦陷区的青年学生。

他们黄昏就会处决你。你赶快说出上级组织吧，这样可能还有生路。

你以为我傻啊？既然他们信任你，我就更不能说了。俞明喜顽皮地笑了说，我说出上级领导名字，你马上传递给天津日本宪兵队，是吧？

既然你如此冥顽不化，我也救不了你啦。你就去见你们的洋师傅马克思吧。

听了这话，俞明喜叹了一口气说，想不到我成了你的阶下囚。东洋狗！

高傲的大和民族性格迫使吴荣成难以忍受这种污辱，他低声回敬道，你们民族就是我们的阶下囚。支那猪！

俞明喜气疯了，掀翻桌子扑上去，与吴荣成扭作一团。东洋狗！我到了阴曹地府也不会放过你这日本奸细的！

听到“支那猪”三个字，隔壁监听的齐宏猛地一拍大腿。这时传来一声巨响，她被气浪推出三丈多远，倒在墙边。

那面墙壁被炸开了。两间屋子连成一间。灰尘充满世界，呛得人喘不上气来。那位白面书生——“冀热边特委”情报科长从院里冲进来，拉起他的秘书齐宏。

齐宏指着爆炸现场说，糟啦，一定是俞明喜拉响了吴荣成的手榴弹！

尘埃渐渐落尽，齐宏冲上前去，看到吴荣成被炸成两截，上半身在东，下半身在西，被分尸了。军分区情报科长大声说，幸亏是边区造的土手榴弹！否则咱们全完啦。

我跟他同归于尽……俞明喜腹部被炸开，躺在墙角喘着粗气说。齐宏蹲下身去，伸手抚摸着他英俊的脸庞。

对不起！我们为了揪出他的证据，可惜晚了……齐宏哭了。

不晚……我还没给儿子起大号呢，这孩子是你亲外甥，你一定给他取个好名字哇。俞明喜说出最后这句话，水晶似的笑意凝结在脸上。

场外补白一：民国二十九年即一九四零年十一月十四日，一个年轻女子在天津日租界荣街刺杀日本正金银行行长高桥孝一，撤退途中被日本宪兵捕获。严刑拷打拒不招供，执行枪决。她面对枪口淡若清风说，有人说我是国民党军统特工，同时还是共产党除奸队骨干，我是双面人物吗？不是。我叫丁小夏，中共党员。

场外补白二：民国三十一年即一九四二年初春，中共冀中军区首长伙房厨师老佟头，下毒暗杀前来视察工作的中共中央高层领导，未果被捕。老佟头本名不详，老牌日本浪人。这次在首长伙房及时识破老佟头阴谋的是个临时帮厨的女子，她叫祁春芬。

场外补白三：吴荣成，本名山中正树，日本关西人，自幼学习汉语，九岁跟随日本浪人在山东半岛成山角登陆，遂取名吴荣成，一九二八年潜居天津。他多年踏勘中国东北与华北及华中地区，倾家荡产义务为日本政府提供情报，被称为比中国人更像中国人的日本间谍志愿者。

天津大雪

1

天津的大经路，南起三岔河口的金刚桥，向北——通往北宁铁路旁边的一座大花园。大花园的名字叫宁园。袁世凯督直的时候，直隶行园坐落在河北窑洼。因此大经路成了一条著名的大街。有那么一天，几个洋人工程师指挥着一大群中国苦力，在这里铺设了两道铁轨，之后就叮叮当当跑起了比国的电车（比国就是比利时）。天津的比国租界地盘很小，其规模远远不可与英法租界同日而语。然而比利时人却在天津开办了比国电车电灯有限公司。距离大经路不远的地方，就有一座比国电灯房。电灯房就是发电厂。比国电灯房就是比国发电厂。（比国发电厂里潜伏着一个名叫“抗倭会”的工人秘密团体，属于中共天津地下党的外围组织。）

因此，我们走在大经路上必须回到公元一九三八年冬天，方能会晤那场惊世骇俗的大雪，只要不错过十二月二十九号这个日子，故事就有得可讲了。

那时候天津是一座很有出息的城市。然而比这座城市更有出息的是热血青年张延祜。多年之后人们回忆往事，发现张延祜留给大家的最深印象是他爱好演剧。关于演剧，张延祜是深受兄长影响的。他的哥哥张延年早在加入三青团之前就迷上了文明戏。相貌俊秀身材挺拔的张延年出演《玩偶之家》里的娜拉，从天津演到上海并在那里加入“蓝衣社”。多年以来张延祜并不晓得张延年的真实身份。他只知道远在重庆的哥哥属于爱国主义者。正是在这种情形之下，“七·七”事变之后的一个夜晚扶轮中学青年教师张延祜开始写作《庸医》剧本。生活是创作的唯一源泉。剧本作者的舅舅生前曾是天津男科大夫，张延祜幼年哼唱的童谣，其中不乏“汤头歌”。尽管如此，动笔之前他还是阅读了大量医书，甚至还啃了啃《医衷金鉴》。天气转凉进入冬季，剧本终于脱稿。张延祜胸中激情荡漾难以平静，立即离开学校教师宿舍前往奥国租界（奥国就是奥匈帝国）。奥国租界二号路一条没有太阳的小巷里，住着张延祜的女友赵苋。赵苋的姐姐赵菲失踪多日，杳无音讯。因此父母视赵苋为独生女儿，看管甚严。张延祜与赵苋交往，总是偷偷摸摸的，颇有几分地下工作者的味道。张延祜认为这种生活十分有趣，他自幼向往神秘世界。

张延祜拜访赵芄途中，必须路经中国股份的通济堂大药房。他看到通济堂大药房门外竖立“大清御医章博古之子章保罗，留美学成归来今日坐堂应诊”的大字招牌，随即放弃前往奥国租界二号路看望女友的初衷，推门走了进去。这时候坐在案前的章保罗正在为患者诊脉。只见这位西服革履的清廷御医之子，脸色鲜润眉清目秀，显得很有营养。张延祜腋下夹着《庸医》剧本目光定定注视着对方。

（其实，章保罗学成归国已经八年。）

无论身份、年龄、学历以及长相，通济堂大药房的坐堂大夫章保罗与剧本《庸医》里的乔马博士都是如出一模。现实生活与艺术世界的暗合，令张延祜惊诧不已。

戴着金丝眼镜的章保罗大夫闲下来，抬头发现了张延祜，就微笑着问张延祜哪里不舒服。这时张延祜猛然觉得章保罗的面貌似曾相识，一颦一笑都显得熟悉，就呆呆看着对方。

章保罗目光炯炯注视着张延祜，然后问他近来是不是脾胃不和。

这会不会影响我的消化呢？张延祜不由自主坐到章保罗的案前，成为一个名副其实的患者。医生耐心为患者讲解着关于脾胃不和的病因。张延祜充耳不闻，腋下夹着《庸医》剧本，却绞尽脑汁回忆着从前究竟在什么地方见过章保罗大夫。

手里拿着药方走出通济堂大药房的时候，张延祐还是没能想起从前到底在什么地方见过章保罗医生。这时有人拍了拍他的肩膀。

身材高大的沈阿尚嘿嘿笑着，伸手从张延祐腋下抻出《庸医》剧本，不言不语拿在手里看着。张延祐知道沈阿尚酷爱演剧，即使充当无名无姓的小角色也乐此不疲。沈阿尚手捧《庸医》剧本爱不释手，然后告诉张延祐失学之后自己就来到通济堂大药房当了店员。

张延祐感到意外。

沈阿尚一目十行读着剧本，并且建议将《庸医》第三场“恨病吃药”改为“恨药患病”。这个建议令张延祐感到吃惊，他不得不对沈阿尚刮目相看。对《庸医》而言这个建议的确属于点睛之笔。于是，他使劲儿握着沈阿尚的手，连声说好。沈阿尚局促起来，说明天是通济堂大药房首任董事长李通济先生的忌日，依照惯例药店停歇业一天，以示纪念。

这时候，情况出现异常——只见一个头戴鸭舌帽的男子，神色不定徘徊在通济堂大药房门前，久久不肯离去。

心中充满警惕的爱国青年张延祐顿时变了脸色，他压低声音与沈阿尚约定了晚间会面的地点，就匆匆离去了。热爱演剧的沈阿尚面对张延祐的突然离去颇感不解，呆呆望着张延祐的背影。聊得蛮好的，怎么说走就走呢？关于剧本《庸医》，其实沈阿尚还是有话要说的，譬如“贪食人参”一场，他认为台词多有不妥之处。人参毕竟是好东西，编剧不应当对它抱有偏见。

这时候头戴鸭舌帽的男子终于推门走进通济堂大药房。沈阿尚站在柜台里主动跟顾客打着招呼。头戴鸭舌帽的男子不言不语，远远地看了看坐堂医生章保罗，然后转身走出药房。

（沈阿尚是一个店员，他并不认为这是一件反常的事情。）

晚上九点钟，沈阿尚离开通济堂大药房，只身前往约定地点。途经东浮桥的时候，迎面一位身穿裘皮大氅的时髦女子款款走来。她就是赵苋失踪多日的姐姐赵菲。沈阿尚并不认识赵菲，双方擦肩而过。沈阿尚走向约会地点，远远看见路灯下面张延祐的身影。

药房店员认为张延祐是一个心浮气躁同时又富于牺牲精神的人。渐渐走近了，沈阿尚蓦然觉得这位青年教师的相貌其实与坐堂医生章保罗颇有几分相似。

张延祐领着沈阿尚走进一座门楼，压低声音告诉他这就是话剧《庸医》的全体演员。沈阿尚挨个儿看着，总共六个人，五男一女。

张延祐指着身材修长的女子说，她就是赵苋，扮演戏里的女主角。

赵苋朝着沈阿尚灿烂地笑了。她的笑容终于使店员沈阿尚痛下决心：即使丢了饭碗，明天上午也要在通济堂大药房现场排戏。

2

大日本帝国华北驻屯军最高长官松本连太郎将军，在侵华日军之中拥有“儒将”美誉。此公投笔从戎之前乃是东京帝国大学研究员，被称为“支那问题”专家。温文尔雅的松本连太郎不远万里来到中国，虽说从未直接杀人，双手也染满了鲜血。人间善恶，总是要有报应的。俗话所说的恶有恶报，其实松本将军已经初步尝到滋味，那就是他多年无嗣。对此，他抿紧嘴角保持沉默，心中却有几分焦急。

他的妻子松本君代从日本神奈川来到中国天津，住在日租界明石街的樱花寓馆。爱妻的到来，使得松本连太郎将军愈发愁眉不展。妻子认为这是武士道精神的体现，对丈夫的郁郁寡欢并未在意。然而松本连太郎的失常表现，引起了日本驻屯军特高科长小岛武夫的注意。多年从事秘密工作的小岛确信，松本君代从本土来到中国，松本连太郎却闷闷不乐，其中必有深层原因。经过一番侦察，小岛科长对松本的家事了然于胸。

小岛武夫是一个有所作为的日本军官。通过内查外调，他获得了独家情报——松本将军闷闷不乐的原因是妻子的不孕。小岛决定深入调查，全面接触事情真相。此时就连小岛武夫本人也不明白，自己为什么对松本将军的家事如此关心。这时有人（汉奸）送上一册《天津名医录》。小岛大喜，立即就将《天津名医录》，通过三木副官之手呈送松本连太郎将军。这情形很像《三国演义》里的“张松献地图”。

天津是一个名医辈出的地方。松本将军读罢这本小册子，似乎看到了窝藏在这座城市里的那群形形色色的医生。（中国是一个善于生育的国度，因此妇科名医如云，同时中国又是一个极善补肾的国家。腰子几乎成为国家之本。）走投无路的松本连太郎怀着这种认识，毅然决定让妻子接受支那医生的治疗。于是，松本君代离开本土来到中国的天津。

请哪位名医为妻子诊病呢？松本连太郎犹豫不定。《天津名医录》仿佛一个黑洞，博大精深令人难以测量。通过副官三木，松本将这个任务交给小岛武夫。

事情终于有了进展。接受任务之后特高科长感到万分荣幸。日本军人自有日本军人的逻辑。小岛武夫拟定的行动方案充满军事色彩，代号“短促突击”。

松本连太郎对于“短促突击”一无所知。这位将军思考的只是如何全面蚕食中国华北地区并使之达到“自治”。正在这种时候，腰肢纤细的松本君代床笫之间愈发温存——她对自己不孕的焦急，其实远远胜过丈夫。作为一个已经开花六年的女人，她急于结果。

特高科长小岛武夫前来拜见松本夫人。这次拜见正是实施“短促突击”计划的开始，松本夫人则是这次行动的女一号。小岛选中了中西医结合内外科皆通的天津名医章保罗。

松本君代对小岛科长的日程安排表示赞赏。拜见结束时小岛告诉将军夫人，明天天气不错。松本君代似乎对天气状况并不关心，她急于买到一只陶钵用来煎制中国的汤药。

小岛武夫挑选六名精干的日本宪兵，脱下黄呢军装统统换为便衣。行动之前宪兵们接受上司训话，庄严肃穆仿佛潜往重庆刺杀蒋介石先生。于是这更像是一场连夜排演的话剧。（舞台监督当然就是小岛武夫。）

“短促突击”计划，就这样开始实施了。

3

民族工商业者李通济先生的忌日，通济堂大药房歇业一天以示纪念，乃是多年惯例，业内人士广为知晓。（前来买药的顾客，绝大多数属于头疼医头脚痛医脚的平民百姓，对李通济先生以及李济通先生的忌日一无所知。）

清晨，宿在店里的沈阿尚起床之后头一件事情就是将写着“今日歇业”的木牌子摆到门外，然后点燃了店堂里的炉火。

对于酷爱演戏的沈阿尚来说今天是一个不同寻常的日子——通济堂大药房今日歇业恰恰是排演话剧《庸医》的大

好时机。如果此事被经理得知，沈阿尚无疑要被当作一条鱿鱼炒掉，但沈阿尚绝不反悔。人生能演一出戏，值。因此，素有“财迷”之称的沈阿尚居然挎着篮子上街，买来了烧饼油条，等待着以张延祜为首的《庸医》剧组的到来。等待之中，店堂里的炉火越烧越旺。这时候大街上飘起了雪花儿。

燕山雪花大如席。沈阿尚诗兴大发，提前进戏。当张延祜率领演员们走进通济堂大药房时候，沈阿尚已经完全处于兴奋状态。这就是戏瘾的魔力。

剧本是油印的，一人一册。正式排练之前，编剧兼导演张延祜要求演员们临场再读一遍剧本，以求甚解。沈阿尚被指定扮演伙计柴安，这是一个只有几句台词的小角色。戏瘾极大的沈阿尚心中失望，对张延祜非常不满。

《庸医》中的医生乔马博士由张延祜亲自扮演，角色脸上唯一的道具就是金丝眼镜。其实这个角色正是沈阿尚所向往的。导演中心制使心怀不满的沈阿尚毫无办法，就一口气吃了三个烧饼。

店堂里，静悄悄。

手捧剧本静心默读的赵苋突然嘤嘤哭了起来。（这个速溶型的女演员长相并不十分漂亮却具有极高的演剧天赋，对她来说生活本身就是一座即兴表演的大舞台。）

张延祜指着泪流满面的赵苋大声说，这太好了这太好了，你已经进戏啦。

虽然充当一名微小的角色，沈阿尚还是接受了这个现实。他读罢剧本，对自己扮演的角色自有独到的见解。落幕之前乔马博士遇害，伙计柴安应当保持沉默而不应当高声吼叫，这就叫作“哀莫大于心死”。有了这种心得，沈阿尚对自己扮演的角色充满信心。

排演之前，张延祜发表了一番导演阐述。他说，什么是话剧？话剧就是将打碎的生活重新捏合起来，然后放置在一个特定的空间里展示给观众。既然话剧是重新捏合起来的生活，那么话剧的排演就应当打破生活常规而逼近生活的真谛。

赵苋问，怎么打破生活常规，怎么逼近生活真谛。

风度翩翩的张延祜笑了笑，说中国的话剧导演都是按照剧本的场次进行排演的，其实这是愚蠢的做法。沈阿尚如听天书，就问什么是聪明的做法。

张延祜又笑了笑。沈阿尚发现张延祜身上散发着一种力排众议的领袖气质。

扮演日本翻译官的谢小天出身梨园世家，大声说无论是法国的莫里哀还是英国的萧伯纳，话剧的排演都是按照场次进行的。无论是东洋还是西洋，概莫能外。

外面的雪，越下越大。张延祜在屋里踱步。无论是法国的莫里哀还是英国的萧伯纳甚至俄国的果戈理，都是过去的事情了。今天我们排演《庸医》必须要突出时代精神。什么时代精神呢？人人自有看法。我是注定要为自己所追求的时代精神而献身了。生命诚可贵，爱情价更高，若为自由故，二者皆可抛。

赵苋终于忍无可忍，擦干泪水问道，无论是要爱情还是要自由，你总不能从最后一场开始排演吧？

赵苋你说得太对啦。我排戏就是要从最后一场开始，然后是第三场、第二场、第一场、序幕。

演员们听罢这惊世骇俗的导演阐述，面面相觑。赵苋惊讶得叫了起来，觉得张延祜变成了一个陌生人。

《庸医》的排演，就这样开始了。按照张延祜的方式，从最后一场开始排演，一切都在逆时针运转。通济堂大药房的店堂，完全沉浸在戏剧的规定情景之中。

（大街上，已经飘起了鹅毛大雪。一个衣裳褴褛的叫花子匆匆走过通济堂大药房门前，顺手抄起“今日歇业”的木牌子，跑到避风的地方烤火去了。）

一个头戴鸭舌帽的男子冒着大雪赶到通济堂大药房门前，徘徊不定的样子。此时，通济堂大药房的店堂里，以张延祜为首的《庸医》剧组演员统统入戏。因此，头戴鸭舌帽的男子即使形迹可疑，也难以引起这群热血青年的警惕了。

乔马博士（张延祜饰）：高太太，您丈夫的病恐怕……

高太太（赵苋饰）：您是坐堂医生，请您直言不讳地告诉我，我丈夫到底患的是什么病？

【乔马博士沉吟不语】

【伙计柴安匆匆上场】

柴安（沈阿尚饰）：高太太，请您赶快回去吧！我看高先生根本就没有什么病！您呢也根本就不该到这里来的。

高太太（勃然作色）：柴安，你说高先生没有病，难道是我有病不成？

柴安（十分诚恳）：高太太，无论是谁有病，这天气马上就要下雪啦，您还是赶快回家吧！

高太太（十分伤感）：家？我哪里还有家啊！

乔马博士（猛然站起）：高太太，你丈夫的病我看并不是药物所能医治的……

高太太（十分感慨）：乔马医生，您在日本留学多年，又获得了博士学位，怎么说出话来总是吞吞吐吐的呢？难道您忘了中医的望闻问切啊！

【翻译官上场】

翻译官（谢小天饰）：天气寒冷，强化治安，你们不要在这里大声喧哗……

漫天大雪。两辆黑色小轿车缓缓停在通济堂大药房门前。车门悄悄打开，七个身穿便衣的男子鱼贯而出。为首者正是小岛武夫。（面色严峻的小岛随手拍打着身上的落雪，动作显得十分中国化。身着便衣的六个随从纷纷效仿着，拍拍打打。）天上的雪越下越大了。

通济堂大药房门前徘徊已久的头戴鸭舌帽的男子，此时已经没了踪影。

对于特高科长小岛武夫来说，这是一场突如其来的大雪。在此之前大日本皇军华北驻屯军气象部提供的天气预报之中并没有提及这场大雪。气象部门的失误势必产生不良影响。小岛武夫患有哮喘症。交叉感染，一路上就连“短促突击”计划似乎也跟着咳嗽起来。这令小岛感到恼火。

门前“今日歇业”的木牌子被叫花子拿去烤火了。因此特高科长并未发觉情况异常，他率领六位精干的宪兵推门走进通济堂大药房，这时《庸医》的排演进入第三场。这场戏再现了通济堂大药房的日常景观。

《庸医》的排演并未因七位观众的突然闯入而中止。张延祜入戏了，演员们也入戏了。生活的本身就是一个大舞台，入戏的演员在这个大舞台也就忘我了。

小岛武夫面无表情，目光紧紧盯着伏案开方的坐堂先生。面前这位西服革履的先生当然就是名医章保罗先生了。（天气的突变，使小岛的哮喘病蓦然复发，嗓音沙哑近乎失语。失语的小岛指挥这场被他称为“短促突击”的行动依然得心应手。因为手下六名精明强干的宪兵，对他的每个手势每个眼色，都能做到心领神会。）

日翻译官（谢小天饰）：你是留学海外的医学博士，怎么可以随便使用民间偏方呢？高太太认为，高先生患的是思乡症啊！

乔马博士（张延祜饰）：你是日本翻译官，不要以为谁是东北人谁就患有思乡症。我在日本留学的时候……

【乔马博士伏案疾书，片刻就开出了处方。】

小岛武夫觉得是时候了，走上前去指着坐堂医生：“有请……”

嗓音沙哑的小岛几乎无法说话。一位身着便衣的宪兵立即行动起来，大步走到坐堂医生面前操着生硬的汉语说：“先生，请吧！”

【伙计柴安走上前来】：你们怎么可以随便抓人呢！你们怎么可以随便抓人呢！

【坐堂医生乔马博士摘下金丝眼镜，满脸视死如归的表情】：走，前面带路！

【高太太惊恐地环视着四周，脸色惨白双唇颤抖。】

张延祐随着身着便衣的日本宪兵走出通济堂大药房，然后猫腰钻进停在漫天大雪里的黑色小轿车。

“短促突击”计划居然如此顺利，小岛武夫感到非常意外。他从心底厌恶这场突如其来的大雪，连声咳嗽着。

两辆黑色小轿车一前一后，缓缓驶离通济堂大药房门前。

片刻，赵苋从通济堂大药房冲了出来，朝着远去的小轿车尖声嚎叫起来。她清醒地意识到，这突如其来的插曲绝对不是《庸医》剧本的内容。

沈阿尚呆呆望着漫天大雪说，一场戏还没排完，怎么日本人就来啦！他们到底是来请医生呢还是来请导演呢？真是莫名其妙……

4

小轿车驶进日租界的时候，雪更大了。这里虽然不是燕山，却有雪花大如席的趋势。特高科长小岛武夫与请来的医生并肩坐在轿车后排，双方均无言语。此时，张延祐对这场突如其来的大雪似乎并不感到意外，令他感到意外的是排演之中的《庸医》剧情发生巨大变化——突然闯进来一群身穿便衣的日本人，抓走了坐堂医生乔马博士。日本人究竟要干什么，张延祐一时还猜不透。作为一个单纯的热血青年，他对日本帝国主义的本质并没有多么深刻的认识。

小轿车停在日租界一座园林的大门前。漫天大雪将这座庞大的建筑群装点出一派简单的模样，并以此夺得人们对它的信任。园林门前小岛武夫遣散卫兵，亲自陪同张延祐。（走进别墅大门之后张延祐就不是乔马博士了。他的头脑清醒起来，心中暗暗确定了以不变应万变的方针。）

沿着雪中小径，来到一座楼阁的门前。小岛要张延祐原地等待，整饬衣冠大步走进楼阁。这是一座宏大的楼阁。走上二楼见到“清心斋”的横匾，小岛知道这里正是松本夫人的住处，就喊了一声报告。松本夫人立即应声，身穿和服款款走了出来。

松本夫人等待天津名医的到来，望眼欲穿。小岛立正说道，天津名医章保罗大夫已经到达，请夫人过目。

将军夫人环视左右，表情茫然。小岛立即双手奉上一架军用望远镜，说章保罗大夫此时正在楼前待命。

站在窗前，松本夫人举起小巧玲珑的望远镜，目不转睛注视着楼前伫立的天津名医。漫天大雪之中，望远镜将张延祜的面孔放大了十二倍。（漫天大雪之中的天津名医章保罗看上去心慈面善，年轻有为，据说尤其擅长妇科。）松本夫人满意地笑了。

小岛武夫敬礼告辞，走出清心斋。他引导着张延祜朝着远处一座日式平房走去。走进小院，小岛环视着苍松翠柏笑着用汉语说，这里环境很好，请您先休息吧。

就这样小岛告辞了。

走进房间张延祜终于发现，自己手里竟然拎着一只鼓鼓囊囊的书包。这是《庸医》里的一件道具——乔马博士无论走到哪里手中总是拎着母亲当年为他亲手缝制的书包。张延祜笑了，戏里戏外我真的成为医学博士了。

信步走到屋外，大雪之中看到远处有一间矮屋。走上前去，渐渐听到一连串日语。是仆人们在说话。日寇在中国沦陷区的学校里强行实施日语奴化教育，因此张延祜懂得东洋语。仆人们说上司指示午餐一定要送到客人房间里。

张延祜认为，仆人们所说的客人指的正是自己。尽管他不喜欢日本料理，临近中午肚子还是饿了。大雪依然不停，却不见仆人将午餐送到房间里来。张延祜等待着，开始怀疑自己的判断。终于来了一个老仆，说的是中国话，请他到小餐厅用饭。张延祜问老仆这里总共住着几位客人。老仆摇了摇头，默不答话。张延祜哪里知道，这座园林的清心斋里还住着一位最为尊贵的女宾，她就是松本将军的夫人松本君代。

当天下午，五短身材的小岛武夫终于露面。此公脸色铁青，居然显出几分消瘦。宾主共进晚餐，主食是天津包子，这令张延祜感到惊讶。

经过日本厨师改造的天津包子，显得小巧玲珑而暗藏祸心。席间，双方依然无话可说，似乎都在以守为攻等待对方开口。既然已经确定了以不变应万变的方针，张延祜心中愈发踏实，一个接一个吃着包子。

小岛毫无食欲，似有难言之隐。在此之前，特高科长刚刚得知，“短促突击”行动犯了张冠李戴的错误。这对小岛来说是一个极大的打击。

张延祜吃得很饱，他放下筷子，拿起餐巾擦着嘴角。

小岛叹了一口气，目光定定注视着食欲极佳的客人，突然嗓音沙哑说道：“您应当是一位医生啊！”

张延祜暗暗思忖着小岛的含义，心底渐渐理出几分头绪。剧本《庸医》蕴含的反日倾向其实是明显的，剧中的男主角是乔马医生，几起几落后来成为抗日义士。排演具有抗日倾向的话剧，无疑是导致自己被捕的直接原因。生当作人杰，死亦为鬼雄。默默背诵着李易安的诗句，张延祜的心情渐渐悲壮起来，他抬头望着踱来踱去的小岛武夫，朗声说道：“你就认为我是乔马医生好啦!”

小岛武夫听了这话，似乎突然受到启发，目光滞滞地注视着张延祜。蓦地，这个日本人脸上泛起喜色，伸手抄起餐桌上的日本清酒一饮而尽。

（张延祜哪里知道特高科长为何而烦恼。对于多年从事秘密工作的小岛来说，大雪的天气里他犯了一个低级错误：误将扶轮中学青年教师张延祜当作天津名医章保罗抓来，并且已由松本夫人过目首肯。待到小岛恍然大悟，一切都无法挽回。小岛无法面对这个尴尬的现实，小岛更不愿意喝下这杯自酿的苦酒——主动坦白自己犯了一个无比荒唐的错误。那样，他将彻底失去大日本帝国华北驻屯军最高长官松本连太郎将军的多年信任而且葬送自己平步青云的军旅生涯。这场突如其来的大雪所酿造的大错令小岛不寒而栗。木已成舟，他已经无法为将军夫人更换医生。他必须千方百计采用魔术手段，将青年教师张延祜摇身一变成为天津名医章保罗。除此之外，别无良策。）

此时，青年教师张延祜主动表示愿意成为坐堂医生，对小岛来说不啻于福音降临。这个日本鬼子对中国热血青年的悲壮心理毫不理解，只知道自己已经走出低级错误造成的泥沼。他十分兴奋地拍着张延祜的肩膀连声说，祝贺你成为一名医生。

小岛当即安排特高科的日本照相师为张延祜拍照。按动快门之前小岛叫了暂停，递上金丝眼镜。张延祜认出这是《庸医》的道具，接过来就戴上了。这时他也弄不清楚自己是生活中的章保罗还是话剧里的乔马博士。

特高科长笑了。

连夜冲洗胶片。第二天小岛武夫赶到治安科，用张延祜的照片制作了一张名为章保罗的良民证。一个中国人的身份巨变，就这样轻而易举宣告完成。小岛武夫将这张特殊的良民证交给张延祜，说你必须毫无条件地接受这次身份的巨变，否则性命不保。

张延祜看着良民证怎么也弄不明白，自己一夜之间就变成了天津名医。他知道这里必有文章，就陷入沉思。

然而小岛武夫面临第二个难题：张延祜只是一个冒牌的名医。松本夫人的不孕症究竟怎样医治呢？

望着窗外大雪，张延祜讳莫如深地笑了。

5

李通济先生的忌日，章保罗医生并没有在家休息。他谎称前往大药房坐堂，上午八点钟就走出家门。出门之前他依照惯例吻了太太。（太太温妮出身天津名门。其叔父温世珍先生即将出任天津特别市市长要职）生活之中夫妻举案齐眉，相敬如宾，颇有超凡拔俗的境界。久而久之，医学博士对这种无菌的生活感到厌倦，颇有高处不胜寒的苦恼。章保罗是擅长妇科的医学博士，从这个意义上说温妮是女人。同时章保罗也是男人，从这个意义上说冰清玉洁的大家闺秀就难以胜任了。章保罗从事的研究课题是“风骚女性与不孕症”。就其人文意义而言，章保罗的研究课题令医学界感到震惊。正是在这种情形之下，他结识了小家碧玉的赵菲。

这个赵菲就是赵苋的姐姐。

赵菲与赵苋虽然一奶同胞，然而姊妹性格迥然不同。妹妹对姐姐的评价是：赵菲是一个彻头彻尾的女人。随着“风骚女性与不孕症”课题的不断深入，章保罗愈发感到身边应当拥有一位女性充当研究对象。咏春茶会上赵菲朗诵涅克拉索夫的诗，章保罗一下就激动起来。赵菲的身材告诉他这是一个极善生育的女子。赵菲的眼神又告诉他什么叫作风骚。仿佛醍醐灌顶，章保罗终于看到生育与风骚的辩证关系。他曾用两句唐诗记载他与她的相识：好雨知时节，当春乃发生。就在天津大经路附近的一条名叫三思里的胡同里，治学严谨的章保罗租了一个小院，成为一名地下工作者。天性浪漫的赵菲知道自己只是章保罗的外宅而已，但她并不认为这有什么不好。一连串的日子过去了，她仍然沉浸在同居生活的新奇体验之中，就连《天津时报》上连续不断刊出的“急寻爱女启事”也难以唤起她对父母的思念之心。同居生活中令赵菲感到有趣的事情很多，其中最为有趣的就是章保罗每天都要对她的身体进行全面检查。面对风流女性的胴体，留洋归来的医学博士充满激情，“风骚女性与不孕症”的研究颇有进展。他与她的同居，既是灵与肉的结合，也是理性与感性的统一。男女双方各得其所。入冬之后，章保罗的医学论文完成了第三章：暴力与生育。

这时，赵菲仍然没有怀孕。

十二月二十九日是李济通先生的忌日，天降大雪。清早章保罗走出家门叫了一辆人力车，前往坐落在大经路三思里的外宅。他习惯称这里为自己的“实验室”。这样，学术气息就显得更加浓郁。当然，走进实验室的医学博士并不排斥孤独者的温柔之乡。

实验室里赵菲还没有起床。章保罗就催她起床。这令赵菲感到意外。她认为窗外大雪正是情侣拥衾交欢的大好时光。章保罗则认为漫天大雪令人心情漂浮，这样的坏天气是什么事情也做不成的。赵菲知道医学博士今日歇工，只得怏怏穿衣下床。

章保罗坐在案前，构思《风骚女性与不孕症》的第四章：男性的点石成金与女性的化金为石。

赵菲捧上一杯热茶，娇声娇语提出一个要求，说自己当了三个多月的室内动物，不见天日。今天大雪也是天意，不妨前往宁园踏雪，趁机享受新鲜空气。

掩卷沉思的章保罗居然答应了赵菲的要求。这令她喜不自禁，立即坐在镜台前唱着美国情歌，精心梳妆起来。

（外面的雪越下越大了。）

临近正午，这对前生有约今生有缘的乱世鸳鸯悄悄走出三思里的小院，迎着漫天大雪来到充满悬念的大经路上。赵菲身穿裘皮大氅挽着先生走路，兴高采烈的样子。为了避免暴露目标，章保罗提出乘坐人力车前往宁园。赵菲小章保罗九岁且天性浪漫，坚持乘坐叮叮当当的比国电车。章保罗无奈，只得随着赵菲攀上高高的车厢。电车开动了。一个头戴鸭舌帽的男子冒着风雪追了上来，大声喊叫着企图让电车停下。电车不睬，叮叮当当朝着天津北站方向驶去。

不知为什么，电车驶近北站的时候，章保罗蓦然之间对偎在身旁的赵菲产生了强烈的厌恶心理。他推了推鼻梁上的金丝眼镜，偷偷侧过脸去注视着她，竟然觉得这张面孔有些陌生。赵菲的目光投向窗外，突然轻轻惊叫了一声。她无意之中看见自己的妹妹赵苋身穿蓝布棉袍站在漫天大雪的邮局门前，似乎正在等待什么人的到来。赵菲心底泛起亲情的涟漪。

电车叮叮当当走了四站，到达终点天津铁路北站。这里距离宁园并不太远。下了电车，漫天大雪的天气里竟然有人不辞辛苦叫卖着《天津时报》。赵菲走上前去买了一份报纸，看到第五版上父母仍在继续刊登寻人启事，一下就被感动了。她噙着眼泪随手将报纸递给章保罗，哭泣着朝前小步跑去。章保罗接过报纸，看到“最后消息”四个黑体大字，就被吸引了。读着读着，医学博士仿佛看到死人复活，惊得目瞪口呆。

本报开印之前最后消息：今日早午九时许七名身份不明的黑衣男子闯入中国股份的通济堂大药房，强行绑架在此坐堂应诊的著名医生章保罗先生，漫天大雪之中乘坐两辆轿车匆匆离去。据目击者称此次绑架疑为日方所为。截至发稿时止，章保罗医生下落不明。

天啊！我已经被日本人绑架啦？章保罗手持报纸一阵眩晕，脚步也踉跄走来，看上去很像一个中风前兆的老人。

泪眼汪汪的赵菲看到前面有一家女子商店，心情开朗起来。她对章保罗说我去买一支唇膏，就小鹿似的跑进女子商店。章保罗抬头发现天上猛然飘来更大的雪花。大街上的人们随即发出惊人的呼喊。章保罗定住目光仔细一看，原来漫天大雪之中飘舞着许多传单。章保罗下意识地伸手去接，心头又是一惊。

这是一张抗日传单：强烈抗议日本特务强行绑架爱国青年教师张延祜！

这是一个陌生的名字。章保罗呆呆看着这张抗日传单，心里寻思着。漫天大雪的天气里，日本人先是绑架了我这个医生，一转脸儿又绑架了一个名叫张延祐的青年教师。日本人到底想干什么呀！好汉不吃眼前亏。先躲过初一，再躲过十五。三十六计，走为上计。这样想着，章保罗快步走向天津铁路北站售票处。

远处，一个头戴鸭舌帽的男人气喘吁吁沿着大经路朝着这里追来。雪大路滑，这人摔倒之后又爬起，爬起之后又摔倒，一路不知跌了多少筋斗。章保罗回头看到这个场景，心中更加恐慌起来。他在售票处买了一张车票，脚步匆匆检票进站，登上了六十九次客车。章保罗六神无主，颇觉狼狈，同时又隐约感到离家出走的快意。他坐在十三车厢靠窗的位置，说不清楚心里究竟是什么滋味。

女子商店里赵菲精心挑选着唇膏。有日本货美人牌的，也有国货。赵菲犹豫良久，买了一支沪产西施牌的。她掏出小镜子试了试——唇膏鲜红。走出女子商店，身穿裘皮大氅的赵菲环顾左右不见章保罗的身影，心里慌了。（这时六十九次客车缓缓驶出天津北站，呜呜拉了几声汽笛，冒着漫天飞雪朝着东北方向驶去。）

6

择仁公寓五楼窗口抛撒出来的抗日传单，与漫天大雪共同飞舞显得蔚为壮观。撒光传单，赵苋匆匆离开房间走出择仁公寓大楼举目四顾，决定自行撤退。（事先约定，赵苋抛撒传单之后，谢小天站在择仁公寓大楼门前接应。如果谢小天没有到位，那么赵苋自行撤退，投奔安全地带。赵苋既不是中共党员也不是中共团员，她只是一个颇具正义感的爱国女性。尤其是男友张延祐的被捕，赵苋更是怒火满腔，家仇国恨同时涌上心头。赵苋抛撒传单的目的就是为了引起社会各界的义愤，发起营救青年教师张延祐的运动。）

撤退到哪里属于安全地带呢？身穿蓝布棉袍的赵苋踌躇不已。她沿着大经路朝着天津北站的方向走了几步，无意之间回头望去，只见一个头戴鸭舌帽的男人跌跌撞撞朝着这里跑来。赵苋一惊，立即意识到来者的巨大危险。她不再犹豫，小步颠儿颠儿向北跑去。

赵苋从女子商店门前跑过。赵菲正在里面购买唇膏。（此时姐姐的嘴唇，被西施牌唇膏染得鲜红。妹妹的嘴唇则由于精神的高度紧张而泛出白色。）

六十九次客车正在检票。赵苋买了一张车票匆匆上车。她的舅舅刘越清是开滦矿务局的董事。慌不择路的赵苋选择了东北方向。

登车之后，她心神不安来到十三号车厢。这里是一等车厢，没有酒糟与旱烟的味道，满眼都是高尚人士。茶房为她拎着提包，对号入座来到四十四号位置。她心里还在思忖着。（头戴鸭舌帽的男子到底是什么人物呢？每当紧要关头总是出现这个可疑的身影。）赵苋掏出手帕擦着额头的冷汗，暗暗庆幸自己的临危脱险。

临窗坐着身穿皮袍的章保罗。赵苋的到来，起初并未引起医生的注意。章保罗心怀余悸，仿佛一只惊弓之鸟，目光久久注视着窗外，时刻警惕着头戴鸭舌帽男子的出现。火车渐渐开动了，他终于松了一口气。这时他才发觉对面坐着一位身穿蓝布棉袍的女子，就缓缓将目光移到对方脸上。

章保罗惊得啊了一声，懵懵懂懂注视着坐在对面的女子。这女子显然受到他叫声的惊吓，慌忙起身坐到远处去了。

医生随即站起追了几步，不知所措的样子，然后摘下金丝眼镜擦了擦，又满脸狐疑坐在原位，用力咬了咬舌头——疼。这绝不是梦境，躲到远处去的那位女子分明就是赵菲。转念一想，又觉得事情的蹊跷。他记得非常清楚，讲究身份爱好虚荣的赵菲明明身穿太太式裘皮大氅，怎么转眼之间换成了学生装束的蓝布棉袍呢？令人更加不解的是，即使赵菲换了一件蓝布棉袍，可是她身上的轻浮气质也已荡然无存，取而代之的是眉宇之间深深的忧郁。我从来也没有听说赵菲拥有一个孪生姊妹啊。思来想去，章保罗愈发感到神秘女郎的不可思议，一时不知如何是好。

一等车厢的茶房送水来了。章保罗心不在焉叫了一壶香片。茶房点头哈腰问他还用什么。他灵机一动，指着六排之隔的十八号座位，说请给那位小姐送杯咖啡。章保罗记得赵菲平时爱饮清咖啡，就吩咐茶房不要加糖。

茶房端着咖啡送到十八号座位。女子摘下毛线围巾，对这杯突如其来的咖啡感到意外。茶房说这是身穿皮袍的先生奉送的。听了这话她显出几分惊慌，连连摆手说自己从来就不喝咖啡。茶房以为这是一对正在怄气的情侣，就端着咖啡回到章保罗面前。章保罗照例赏了小费，心里踏实了。

这不是赵菲。赵菲见到咖啡是不会拒绝的。赵菲对待生活的态度是一饮而尽。“蓝布棉袍”只是一个相貌酷似赵菲的女子而已。想起漫天大雪之中身穿裘皮大氅而渐渐远去的赵菲，章保罗坦然待之。看来这场突如其来的大雪，已经使他变成一个铁石心肠的男人。

车到胥各庄，停车三分钟。身穿蓝布棉袍的女子拎着提包目不斜视走了过去。章保罗看着她的背影，怅然若失。他神差鬼使般站起身来，披着皮袍紧紧追去。出了一等车厢，他随着蓝布棉袍婀娜的身影走下了火车。

胥各庄离唐山只有一站地，是个小站。月台上冷冷清清的，身穿蓝布棉袍的青年女子与身披高级皮袍的男子，一前一后走着。这时候呈现在章保罗面前的是一个晴朗的下午。无论天上还是地下都不见一丝雪花儿的痕迹。那场突如其来的漫天大雪，时过境迁戛然而止，仅仅属于天津而已。章保罗心绪极其复杂，暗暗咒骂天津是个鬼地方。

他不远不近跟随着蓝布棉袍的倩影走进小小的候车室。这里虽然生着炉火，气温还是很低。她坐在临近炉火的地方，抬头看到了章保罗。惜香怜玉的医生唯恐这位小姐再度受到惊吓，连忙向她笑了笑。她看出身披皮袍的男人既不是日本特务也不是中国汉奸，心里渐渐镇定下来，下意识地朝里挪了挪身子。

章保罗顺势坐在长椅上。

就这样，他与她操着天津腔调的国语开始了车轱辘似的对话。生硬的天津口音引起旁边一个挎着篮子叫卖香烟的男孩儿的注意。机警的男孩儿很像一头小毛驴，转绕着这两扇磨盘转悠起来。

章保罗说十分荣幸能够在这样一个小火车站的候车室里相逢，事实上我们已经成为同路人了。既然成为同路人就应当结伴而行大步朝着前方走去。

“同路人”引起了赵苋的警觉。在此之前，她多次从张延祐口中听到这个名词。想到张延祐她心中不由得一阵酸楚。恋人身陷牢狱，自己远走异乡，何时得以相见，恐怕只能在梦中聚首了。

看到赵苋陷入沉思，章保罗就趁机问她是不是有个相貌酷似的孪生姊妹。赵苋怀着敌情观念摇头否认，说孤独一枝，无亲无故。

章保罗的好奇心愈发强烈，微笑着请教赵苋芳名。赵苋虽然不是中共地下工作者，但还是深知乱世无常人心险恶的道理，自然不肯道出真名实姓。然而她自幼接受诚实做人的正统教育，迟迟不能练就一身撒谎的本领。书到用时方恨少。面对章保罗的发问，赵苋绞尽脑汁也无法当场编出一个假名。可无论阿猫阿狗，做人总是要有一个名字的。于是她急中生智，脱口说出姐姐的名字——赵菲。

赵菲。听到这个名字章保罗感到脑海一片空白。世界，在他心目之中愈发变成一个不可思议的黑洞。他匆匆逃离天津与年轻貌美的赵菲不辞而别，没曾想登上火车立即遇到容貌酷似赵菲的女子。一个身穿裘皮大氅，一个身穿蓝布棉袍，一颗女人的灵魂游走于两者之间，彼此互为替身。最令章保罗感到恐怖的就是这位面色忧郁的“蓝色棉袍”竟然自称姓赵名菲。章保罗不能不承认这是上苍的暗示：年轻风流的赵菲是我前生前世拖欠的孽缘，到了今生今世也永远不可摆脱。即使我登上火车逃离天津，她的灵魂脱下裘皮大氅换上蓝布棉袍，也要紧追不舍。

章保罗笑了，他认为这就是宿命。

卖香烟的男孩儿经过一段时间观察终于凑上前来，压低声音问赵苋海边是不是下了一场大雪。赵苋木然，反问男孩儿这里为什么没有下雪。男孩儿笑了，转过脸去盯着章保罗，问他想不想家。章保罗觉得男孩儿很可爱，伸手从篮子里拿了一盒香烟，说如今是有家难回啊。男孩儿随即转身离去，径直跑到候车室门外的烧饼摊前，说暗语对答如流，无论是男是女。卖烧饼的汉子放下心来，递给男孩儿一个烧饼，低声吩咐着。男孩儿使劲儿嚼着滚烫的烧饼，咝咝吸着冷气吃相显得贪婪。卖烧饼的汉子哪里知道这是一次错误的接头，所谓暗语对答如流完全出于巧合。真正来自天津的地下工作者，女的在塘沽车站被捕，男的跳车身亡。

吃完烧饼的男孩儿挎着篮子重返候车室，样子很像一只学舌的鹦鹉。

鹦鹉走到章保罗和赵苋的近前，操着唐山口音一板一眼说：你们去吧，翟庄的人好水甜饭香炕头热。

一男一女听了鹦鹉的话语，面面相觑。

卖香烟的男孩儿完成了任务，跑去领烧饼了。这一男一女先后站起身来，做出准备离去的样子。章保罗煞有介事告诉赵苋说，翟庄子是一个好地方。

赵苋拎起提包，突然询问同路人的尊姓大名。章保罗猝不及防。对他来说当场为自己编造一个名字也并非易事。他猛然想起逃离天津之前在抗日传单上看到的青年教师，就顺口说出“张延祜”的名字。

赵苋怔了怔，同样感到莫名其妙。想到大千世界的离奇古怪，她只得苦笑。

就这样，章保罗自愿变成一个自己并不认识的人——张延祜。面对自称名叫赵菲的女子，他似乎意识到人生的转折已经拉下了序幕。

男（此时化名张延祜）在前，女（此时化名赵菲）随后，就这样一前一后走出候车室。男在前女在后的行走方式，在中国话剧舞台上比较常见。这种人物的行走方式随着情节的推进又往往发展为夫妻关系。戏剧模式与现实生活的混淆往往令人啼笑皆非。这时候天气晴朗，这一男一女同样对晴朗的天气毫无感知——心头依然飘舞着天津上空的雪花（这就是大雪的魔力）。

一路无话。化名张延祜的男人与化名赵菲的女人竟然朝着男孩儿所说的翟庄方向走去。

翟庄处于敌我对峙的（拉锯）地带。

7

漫天大雪之中那个头戴鸭舌帽的男子姓夏名志国，二十九岁，未婚。未婚其实不是不愿意结婚而是娶不起媳妇。夏志国在比国电灯房里做工，真正的无产阶级。截止到二十八岁之前，他还没吃过一顿真正的大米饭。

穷，使得年轻力壮的夏志国渐渐擦亮了眼睛。擦亮眼睛的夏志国深知中华民族的最大敌人就是日本帝国主义。因此他参加了中共外围组织“抗倭会”。抗倭会的最大任务就是跟日本鬼子对着干。夏志国是在中秋节的夜晚加入抗倭会的。遥望空中朗月，他想起古人八月十五杀鞑子的传统，暗暗发誓杀贼报国。进入冬季之后抗倭会首领终于给他下达了一个艰巨的任务。东四经路八十八号住着一个名叫谭二苹的破鞋，与高丽人崔一平姘居，“七·七”事变之后崔一平摇身一变成了日本翻译官，谭二苹也打扮得花枝招展，很是得宠。高丽棒子崔一平身为日本翻译官，抗倭会自然将他列为重要目标，伺机猎取情报。抗倭会首领深知，床前枕边，历朝历代都是机密情报的重要来源。夏志国的任务就是寻机接近谭二苹，力争得到这个风骚女人的信任。至于如何取得谭二苹的好感，抗倭会首领要求夏志国酌情处理。如果必须上床工作，裤带可以适当放松。比国电灯房的工人夏志国接受了这个任务，颇有钢刀剁棉花的感觉，不知如何用力。虽然已届而立之年但不曾婚娶，自然不谙风情，难以驾驭风骚女子。至于如何与谭二苹结识，对夏志国来说很是为难。

天赐良机，谭二苹家里的电灯坏了。恰巧崔一平出差。夏志国被传唤上门，修理电灯。这时候天气已经很冷。夏志国经过精心准备，背着工具兜子走进谭二苹的家门。

谭二苹吃吃笑着，看着朴实憨厚的夏志国。夏志国不敢与谭二苹对视，站在屋里不知如何是好。风情万种的女子大声说，我家的灯泡不亮啦。夏志国嗯了一声就开始检查电路。(谭二苹的房间粉刷得雪白，充满令人陶醉的温馨气息。夏志国对这种女人的气息缺乏防守能力，一下就陶醉了。)

屋里的电灯修好了，一切都变得亮堂堂的。谭二苹突然问他，电灯为什么会亮呢。在此之前从来没有女人向他提出这种问题。他告诉她电灯发亮是因为有电。谭二苹又问电是什么。夏志国想了想，告诉她电是看不见摸不着的一种东西。谭二苹吃吃笑着说什么时候看见了摸着了，人也就给电死了。谭二苹的这句话对夏志国的震动很大。

夏志国收拾着工具，然后显出一派手足无措的样子。谭二苹非常喜欢男人手足无措的样子，就告诉他说崔一平跟随日本长官到玉田县，说是视察冀东自治去了。

夏志国认为这是一个重要情报，立即牢记在心里。谭二苹沏了一碗香茶，告诉他崔一平即使不随日本长官出差，平时也不经常住在这里。高丽人就是这样无情无义而且满嘴大蒜的味道。夏志国背起工具兜子说无论什么时候只要是电灯坏了，他随叫随到。

谭二苹突然声音颤抖着说，我家的电灯现在又坏了你给我好好修理修理吧。

夏志国终于鼓起勇气看了看谭二苹。这是一个面容姣好的女子，眉宇之间荡起的春风扑面而来，沁人心脾。童子之身的夏志国一阵眩晕，抬手碰翻了那碗香茶。他克制着发自身心深处的冲动，暗暗告诫自己。女人是祸水。我必须远离祸水。我必须马上把“汉奸崔一平跟随日寇长官前往玉田县视察冀东自治区”的情报送到抗倭会首领手里。

夏志国脚底下仿佛踩了棉花，懵懵懂懂走出谭二苹的家门。他坐不起电车，只能深一脚浅一脚朝前走去。这时候他感到心里空空落落的，若有所失。（他知道这是因为自己认识了谭二苹。）

抗倭会首领于江水住在新大路贫民区的一间破瓦房里。于江水正在自斟自饮，身边坐着一个骨瘦如柴的女人。白酒与女人的气息混合在一起，使得于江水贫穷的生活充满活力。夏志国站在首领面前，呼呼喘着粗气。于江水命令女人再拌一块豆腐，给夏志国添一只酒盅。

手里拿着情报心里却盛着谭二苹的影子，夏志国对白酒没了兴趣。他小声对于江水说有情报了。于江水也是文盲，闭目静听夏志国的情报内容，一字一句默默记在心里。之后于江水大声表扬夏志国，说这个情报十分重要，一定要紧紧抓住谭二苹这个线索，继续猎取更多的情报。

（一夜不眠。夏志国第二天来到比国电灯房上班。工头儿见他神情恍惚，上前大声斥责。夏志国并不理会，沉浸在莫名其妙的喜悦之中。就连抗倭会的首领也认为夏志国是因获取情报抗日有功而喜悦。只有夏志国心里清楚，自己的喜悦是由于认识了谭二苹。认识谭二苹才懂得了什么是女人。）

第三天晚上，夏志国叩响谭二苹的家门。风骚女子开门看见满面绯红的夏志国，嘻嘻笑着问他有什么事情。

夏志国说，我想你家的电灯又坏了吧？

谭二苹大喜过望，伸手将他拉进家门。这一夜，二十九岁的大龄青年夏志国终于失去了童贞。谭二苹得知自己良宵之夜超度了一个童男，兴奋不已，认为做了一件轰轰烈烈的事情。（但是良宵之夜夏志国感到力不从心。）

日本翻译官崔一平从玉田县回来了。谭二苹没有说谎，崔一平果然并不经常回来过夜。鲤鱼跃过龙门，崔一平已经拥有了更为广阔的天地。

夏志国就来填空。他从谭二苹枕边获得的第二个情报是日本准备发起新的强化治安运动。这个情报使中共地下党的三个联络点免遭破坏。于江水准备发展夏志国加入中共天津地下党，开始暗暗考验他。

正是在这种时候，夏志国猛然发现自己缺乏男人的旺盛斗志。黑夜之中谭二苹泪眼汪汪告诉他，她需要一个本领高强的男人而他恰恰能力不足。夏志国陷入极端自卑的苦海之中。这个赤贫的电灯匠深知，如果自己屡战屡败，那么生情风骚的谭二苹极有可能中途换马，将他拴在路旁的木桩上然后扬长而去。如果那样自己就连情报也无法为组织窃取了，成了真正的废人。无产者夏志国生性刚强，绝不接受命运的摆弄。他开始了痴心不改的求医问药的人生之旅。

通济堂大药房的坐堂医生章保罗大夫成了夏志国心目之中的救星。然而，男子汉的自尊心迫使他难以启齿。入冬以来他多次来到通济堂大药房门前，就是没有勇气推门而入走到章保罗医生的案前，诉说自己的病情。就这样他成了通济堂大药房门外一道徘徊不定的风景。

天津大雪那天，夏志国一大早儿就从谭二苹家里溜出来，朝着通济堂大药房走去。连日以来他觉得谭二苹对他越来越不满意，床上基本形成背对背的局面，无言无语无情义，因此就连获取情报也断了来源。夏志国终于下定决心，丢掉男子汉的自尊不再忌病讳医。冒着漫天大雪他赶到通济堂大药房门前，等待章保罗大夫的到来。夏志国并不知道今天正是李通济先生的忌日，更不知道通济堂大药房今天歇业以示纪念。既然决心已定，冒着大雪他也要耐心等候着。

临近上午十点钟，还是不见章保罗的身影，可是通济堂大药房的店堂里却热闹起来。平日坐堂医生的椅子上换了一个陌生面孔，煞有介事为求诊的病人开着药方。头戴鸭舌帽的夏志国疑惑不解，不由得站在门外窥视着。

小岛武夫的突然出现，使这场漫天大雪愈发扑朔迷离。夏志国目睹了坐堂医生的被捕，愈发燃起他心头的抗日怒火。同时他心中暗暗庆幸，被日本便衣队逮捕的并不是章保罗医生。夏志国已经将恢复男性尊严的全部希望寄托在医学博士身上。他必须立即找到章保罗。

夏志国是在大经路上远远看到章保罗的身影的。大雪之中这位医生与一位身穿裘皮大氅的年轻女子并肩走在一起，背影看着很是和美。夏志国气喘吁吁追赶上来，却没了章保罗的身影。夏志国看见身穿裘皮大氅的年轻女子走进一家女子商店，他牢牢记住这个女子的模样。但是夏志国永远也不会知道天津名医章保罗是怎样随着漫天大雪从这座城市里消逝了。

就这样，夏志国开始了对章保罗医生的漫无休止的寻找。

8

张延祐变成章保罗的第二天，就被迫开始行医。小岛武夫此时已经成为这场话剧的幕后导演，他十分恭敬地称张延祐为章大夫。章大夫的一切行动都是按照小岛的事先安排进行。（这时候章大夫觉得自己是在按照一个蹩脚的剧本演戏，而自己在这场戏里绝对是一个庸医。)

他苦笑了。

诊室是由一间会客室改造而成的，墙体雪白却显得不伦不类。窗外的大雪渐渐歇止，天地之间明显缺乏动感。天津名医章保罗在小岛武夫陪同之下走进诊室。大雪一停，小岛的哮喘病就好了。说话自如，仿佛他从来不曾失语。恢复了嗓音的小岛低声告诫医生应当迅速进入角色。医生觉得小岛的声音十分陌生。

传来一阵木屐的声音。小岛起身迎接。患者是一位已届中年的高贵日本女子。她走进门来微微屈身向天津名医行礼。章保罗大夫无法判断患者的身份，只能从她白皙的肤色上猜测患者优越的生活。

小岛与高贵的女患者用日语对语。(这是特高科长一个重大疏漏，他忘记了或者他根本就不知道扶轮中学青年教师张延祐粗通日语，即使青年教师张延祐被他改造成为天津名医章保罗，他也仍然粗通日语。于是两个日本人的对话，医生当场听懂了八成。于是，剧情的发展也就脱离了小岛规定的方向而发生突然变化。)

小岛的蓝本是首先请将军夫人诉说病情，然后由他担当翻译，天津名医根据主诉再问病情，就这样一来一往继续下去。然而当患者缓缓说罢病情，小岛武夫准备张口翻译之际，天津名医徐徐扬起手臂，打断了小岛剧情的发展。

诊室里的空气蓦然凝固成一块巨大的石头。

（恶作剧的念头渐渐涨大，充满医生心间。）他轻轻咳了一声，抬起目光注视着小岛武夫。小岛武夫怔了怔，一下乱了导演的方寸。

天津名医笑了笑，说西方医学讲究以器械检查患者身体，从而确诊。中国医学自古就有望闻问切的传统，因而独树一帜。

特高科长以导演的霸气打断医生话语，假笑着用汉语问他到底想上演什么把戏。

天津名医说既然中国医学讲究望闻问切，那么不妨就这位夫人的病情讲一讲我的初步印象。小岛听罢不知所措。这时天津名医微笑着对患者说，您结婚至少已经六年，我判断婚后您不曾生育。你青少年时代生活在一个寒冷地区，极有可能是日本的北海道。如今您生活在温湿的海滨地区。

小岛武夫已经无法驾驭剧情，只得如实翻译给将军夫人。将军夫人听罢小岛的翻译，终于露出高贵的笑容。她觉得面前这位天津名医不但精通医术，而且还是一位相术大师。倘若在战时的日本这样的人物也要重点保护的。可惜他是一个中国人。

将军夫人对天津名医一下就信赖起来。

夫人，您需要生育。您的生育不仅使您拥有后代，通过生育同时还可以清除潜伏您体内多年的顽疾，那就是寒凉症。寒凉症在中国民间也称为“姑娘凉病”，通常是结婚之前患病，婚后的临床表现即为不孕。每逢冬季您是不是经常感觉小腹或双腿有暖流通过？其实那恰恰是寒气正在奔走。庸医往往以为是热症，愈治愈重。这是非常遗憾的事情。生活之中我们常常遇到庸医。这也是没有办法的事情……

小岛武夫呆呆望着口若悬河的医生，想起中国的那句名言：假作真时真亦假。这位冒牌的天津名医竟然对将军夫人的病情做出了极其精确的判断。剧情的突变已经将一个由假变真的天津名医推到小岛面前。小岛毫无思想准备，不知是悲是喜。这时将军夫人急于知道天津名医究竟说了什么，就催促小岛立即翻译。

将军夫人轻轻为天津名医鼓掌。她认为这是一番惊世骇俗的话语。她十分激动地要求接受天津名医的治疗。天津名医为她细细诊脉，借助昔日中医药学知识的功底，大笔一挥开了处方。

（汤药三剂，煎服。）

小岛接过药方，满目狐疑看了看天津名医。特高科长懵了，无法判断剧情的发展是否符合自己的利益。

手里拿着药方，小岛戴着墨镜穿着便衣只身前往通济堂大药房。（为了将军夫人的安全，此章保罗开具的药方，必须经过彼章保罗的验证，方能实施。此章保罗与彼章保罗之间，小岛武夫仿佛一个尴尬的小丑儿，手持药方往返奔走。生活的舞台上特高科长终于扮演了一个荒唐的角色。）

通济堂大药房的伙计沈阿尚神色忐忑站在柜台里，望着门外路边的残雪。（自从张延祐被捕，《庸医》剧组人员立即四散而走，躲避着日寇的魔爪。沈阿尚本是南方人，无处可去只得硬着头皮留在店里，随时迎接厄运降临。这不啻灵与肉的煎熬。沈阿尚甚至在心底高呼：只求速死！然而他必须如此惊悸地活着，等待一个无法确定的时刻的到来。惶惶不可终日的光景使得年轻店员的精神濒临崩溃。）

沈阿尚觉得这位戴墨镜穿便衣的矮个儿男人面熟。这几天心惊肉跳的生活使沈阿尚的记忆衰退思维迟钝，呆呆望着顾客。

小岛轻声问沈阿尚，章保罗大夫今天在不在这里坐堂应诊。

沈阿尚摇了摇头，说章保罗恐怕永远也不会在这里坐堂应诊了，他是大雪那天失踪的，已经四天了。

小岛武夫处变不惊，心中却暗暗叫苦。

（这个世界上的事情有时几近酷似。狼狗变成细狗——特高科长小岛武夫与抗倭会成员夏志国几乎同时成为急于寻找章保罗大夫的人。殊途而同归。）

不可回避的事情就是将军夫人必须服药。将军夫人的这个药方又恰恰出自一个冒牌医生之手。小岛武夫认为人间万物此时都应当重新给予确认，就匆匆离开通济堂大药房，前往王氏诊所请当代名医王介臣大夫对药方给予验证。（于是，一代儒医王介臣又成了章保罗的替身。）

鹤发童颜的王介臣大夫认为这只是一个无关痛痒的“太平药方”，性温，有益而无大碍。特高科长心里踏实了。将军夫人来中国天津就诊，每一个环节小岛都要亲手操持，以防不测。

小岛返回通济堂大药房中药柜台，照方抓了三剂汤药。（这时，沈阿尚终于认出这个戴墨镜穿便衣的家伙就是逮捕张延祜的元凶。）小岛拎着三剂汤药匆匆离去。沈阿尚一时不敢发作，只是望着他的背影恨得咬牙切齿。

9

那场大雪之后，小岛武夫成了通济堂大药房的常客，三天两头儿前来抓药。沈阿尚永远也不会知道，小岛手中的药方居然出自张延祜之手。沈阿尚认为张延祜已经被日本宪兵秘密处决。因此，虽然他天天站在柜台里抓药，心里却随时准备被捕。

就这样等待着。命运的残酷就在于随时准备被捕的沈阿尚永远也没有被捕。（公元一九七八年春天，有人看到白发苍苍的沈阿尚依然站在柜台里为顾客抓药。当然这是后话。）

沈阿尚终于行动起来。（他采取的抗日手段是往小岛武夫的汤药里偷偷加入几颗名叫阿木萨的药材。其实阿木萨本是产自爪哇岛的一种坚果。性热。沈阿尚始终认为汤药是小岛武夫自己服用的，阿木萨必然在这个日本鬼子体内渐渐产生燥热从而造成阴阳失调。沈阿尚哪里知道阿木萨的药力实际是被身患寒凉症的松本夫人受用了。）

一辆人力胶皮车缓缓停在通济堂大药房门前。车上款款走下一位身穿裘皮大氅气度高雅的女子。通济堂大药房的襄理童立宁认出这就是坐堂医生章保罗博士的妻子温妮，连忙迎出门来。

天色晴朗。温妮女士脸上无喜无悲。童立宁自我介绍说是大药房的襄理。温泥女士告诉这位襄理，她的丈夫失踪多日，据说章保罗最后是从通济堂大药房走失的。听了这话童立宁襄理大惊失色，连连摇头说对此事一无所知。温妮果然大家闺秀，面无愠色，只要求通济堂大药房配合警方全力寻找失踪者的线索，不得怠慢。

温妮女士乘坐人力胶皮车，走了。马路的残雪上留下一串破碎的车痕，无声无息。

沈阿尚站在柜台里自言自语，难道章保罗医生就这样销声匿迹啦？羽化而登仙——仿佛融进那漫天大雪里去了。

头戴鸭舌帽的夏志国又徘徊在通济堂大药房门前。他痴心等待章保罗的归来，他知道章保罗是天津治疗阳痿的唯一专家。他痛恨自己的怯懦，为什么迟迟不敢走到章保罗大夫面前接受治疗呢？如今医学博士下落不明，自己的疾病恐怕永远难以得到医治。夏志国就这样徘徊着，心头布满阴霾。

温妮女士离去之后，又一位身穿裘皮大氅的女子乘坐一辆人力胶皮车缓缓停在通济堂大药房门前。童立宁襄理并不知道来者的身份，当然也就没有迎将出来。这位身穿裘皮大氅的女子走下人力车之后，面无表情走到药房橱窗前，呆呆看着陈列在里面的海龟标本。夏志国在她面前踱来踱去，丝毫没有引起她的注意。

（这个女子就是货真价实的赵菲。她认为章保罗的不辞而别其性质属于始乱终弃。尽管如此，她对待章保罗依然一往情深并幻想有朝一日鸳梦重温。于是，继日本鬼子小岛武夫、中国抗日义士夏志国、章氏正室温妮女士、药房店员沈阿尚之后，这位风骚女子也加入了寻找抑或等待章保罗的行列。短短几天之内章保罗居然成了一件众人寻找的宝贝。）

夏志国觉得站在橱窗前观看中药标本的女子十分面熟。这时他终于想起几天之前的那场大雪。这位身穿裘皮大氅的女子曾经与章保罗医生并肩行走。

终于有了寻找章保罗的线索。（有了线索就等于有了治愈顽疾的希望，治愈顽疾就能够从谭二苹枕边获取更多情报，情报越多日本鬼子就越倒霉，于是夏志国激动起来。）

望着药房橱窗里的海龟标本，赵菲轻声呼唤着章保罗的名字，极其深情的样子。不知道为什么她的呼吸急促起来，突然发出一声尖叫倒在地上。地上残雪未尽。夏志国闻讯扑将上来，猫腰从地上抱起昏厥的女子，起身朝着大经路上诊所跑去。

怀里的女子仍然念叨着章保罗的名字。夏志国有生以来不曾接触富家女子，（谭二苹出身底层）奔跑之中与裘皮大氅显出几分隔膜。他鼓起浑身劲头儿朝前跑去，紧紧抱住怀里的赵菲。很快就要跑到大经路了，夏志国猛然感到自己恢复了男人的冲动。这冲动显得野性十足，周身乱窜仿佛燃起一场大火。同时他又感到自己怀里抱着一棵巨大的人参，药性正在发作。

抗倭会成员夏志国终于懂了，人是病，人也是药。人与人的搭配，总是要依照一张处方的。

夏志国抱着裘皮女子一口气跑到铁路天津北站。好在此时没车，否则夏志国冲动之下登车而去，汽笛一响他肯定就变成另外一个人了。

10

为松本夫人治病的天津名医章保罗，其实也行动起来了。他开具的药方悄然变化，往往是增添几味性寒的药材，慢攻。依据病理如此下去，日本鬼子的妻子也就越发不能怀孕。

特高科长仍然身先士卒，跑到通济堂大药房抓药。事无巨细，只要是与将军夫人治病有关的事情，每个环节他都要亲自动手。

小岛累瘦了。

天津名医对医道的理解，居然也日见精深。他发现自己爱上医生这一行了。从前所热衷的演剧，渐渐淡忘。

春暖花开的时候，已经服用六十剂汤药的松本将军的夫人松本君代经天津日本陆军总医院检查，宣布怀孕。（该医院的主楼如今尚在，大门已然斑驳，看上去很像一张老年囚犯的面孔。）

松本君代怀孕的消息传来，软禁之中伏案苦读医书的天津名医章保罗目瞪口呆。

这简直难以置信。他永远也不会知道，这正是沈阿尚偷偷添加阿木萨的缘故。阿木萨神奇的温热效应，渐渐驱尽松本夫人青少年时代聚集体内的寒凉之气。

（顽皮的阿木萨坚果又跟抗日义士开了一个莫大的玩笑。）

松本君代十分感激天津名医生章保罗。她请求丈夫给章保罗医生授予三级帝国勋章。未出十天，果然举行了授勋仪式。

既然如此，依照中国俗理就应当卸磨杀驴了。果然如此，小岛武夫决定除掉这位天津名医。具体方案就是将氰化钠投入章保罗的午餐红烧牛肉里。小岛认为，既然自己亲手制造了一个冒牌的章保罗，事成之后自己就应当亲手抹去这个虚拟的人物。就在小岛决定动手的前夜，他被紧急调往印度支那，第二天一早立即动身。这是一次明显的提升。举荐者正是喜得贵子的松本连太郎将军。

小岛武夫到达印度支那的第三个月，就因误食腐肉而暴死暹罗南部。特高科长的结局跟中国大诗人杜甫一样。看来喜欢吃肉不是什么好事情。天热，一定要把住病从口入关。

（松本君代的回忆录《天津怀孕》公元一九七二年出版。这位夫人在书中对小岛武夫只字未提，对天津名医章保罗以及那座园林的雪景称赞有加。松本夫人一生只生了这么一个孩子，真可谓精品收藏版。）

就在小岛武夫为嘴殒命的当天，我冀东抗日根据地渤海分区政治部下属的冲锋剧社，正在一座农家大院里排演话剧《庸医》。该剧由张延祐（即章保罗）导演。随着这部话剧的上演，冀东抗日根据地的演剧事业达到空前繁荣。

这部《庸医》的剧本是赵菲（即赵苋）根据回忆整理而

成的。当年在通济堂大药房现场排演的《庸医》剧本，随着编剧张延祜的消逝而亡轶，永无下落。冀东抗日根据地的《庸医》与原版《庸医》相比，已然面目全非。看来流传下来的东西未必都是真品。

翻阅《抗日战争时期的根据地话剧事业》一书，冀东抗日根据地冲锋剧社显然十分醒目。这个剧社总共创作话剧十三部（其中三部写于翟庄堡垒户），上演九百六十二场，功不可没。导演是张延祜，女主演是赵菲，夫妻关系。建国初期夫妻创作三幕七场话剧《模拟时代》，上演受到好评但随即遭到批判，最后定性为“写中间人物”的急先锋。张延祜在劳改农场填表的时候，“曾用名”一栏工工整整写着“章保罗”三个字。赵菲则在这一栏里填写“赵苋”二字。（农场劳改干部说，知识分子的毛病就是多，这两口子一人一个“曾用名”也他妈的不嫌费事儿。）

旧社会将人变成鬼，新社会将鬼变成人。就说为松本君代治愈不孕症的天津名医章保罗吧，后来成为杏林一代宗师。（他研制的“开心顺气丸”为广大更年期妇女喜闻乐见，好评如潮。）然而据业内人士说，此公乃是天津最大的庸医。看来只能见仁见智了。全国“解放”以后他每次填表，都在“曾用名”一栏里工工整整写上“张延祜”三个字。他的现用名则是“章保罗”。

据小道消息说，“文革”之中在翟庄农场劳改十年的话剧导演张延祜毫无医学常识，为了医治自己的口疮他几次服下槐角丸，闹出了天大的笑话。

天津的中医妇科一代宗师章保罗老先生，对话剧则毫无兴趣，有一次陪同外国专家观看田汉先生话剧《名优之死》，此公竟然坐在剧场里呼呼大睡，遭到市政府外事办公室的点名批评。

其实真正的章保罗早已不复存在，真正的张延祜也早已不复存在。每一场大雪之后，世界总是要换个样子的。

工人夏志国娶了货真价实的赵菲，果然不是伪劣产品，一口气生了六个孩子。尽管如此，夏志国仍然痴心不改寻找着正版章保罗。这一切都发生在公元一九三八年十二月二十九日那场大雪之后。时到如今，那场积雪早已融化了。积雪融化为水，滴滴汇成小溪，小溪冒出一连串小小的气泡儿，稀里糊涂朝前流去。

前方未必就有大海。

肖克凡主要著作目录

长篇小说：

1. 鼠年. 广州：花城出版社，1995.
2. 原址. 天津：百花文艺出版社，1997.
3. 尴尬英雄. 北京：中国文学出版社，1999.
4. 都市上空的爱情. 天津：百花文艺出版社，2005.
5. 天津大码头. 北京：中国青年出版社，2011.
6. 机器. 长沙：湖南文艺出版社，2006.
7. 生铁开花. 北京：北京十月文艺出版社，2011.

小说集：

1. 黑色部落. 天津：百花文艺出版社，1994.
2. 赌者. 北京：群众出版社，2001.
3. 中国作家·经典文库·肖克凡卷（上下册）. 北京：光

明日报出版社，2002.

4. 人间城郭. 天津：百花文艺出版社，2005.

5. 蓝色鸟. 天津：天津古籍出版社，2005.

6. 旺族. 天津：百花文艺出版社，2005.

7. 好大一棵树. 天津：百花文艺出版社，2005.

8. 你为谁守身如玉. 北京：北京十月文艺出版社，2005.

9. 唇边童话. 长沙：湖南文艺出版社，2008.

10. 爱情刀. 天津：百花文艺出版社，2013.

11. 最后一个工人. 天津：百花文艺出版社，2014.

12. 天津小爷. 北京：北京十月文艺出版社，2014.

散文随笔集：

1. 镜中的你和我. 天津：新蕾出版社，2000.

2. 我的少年王朝. 天津：百花文艺出版社，2005.